Les Révoltés d'Ajain

Michèle Laforest

Les Révoltés d'Ajain

ROMAN

Albin Michel

22, rue Huyghens, 75014 Paris

www.albin-michel.fr

ISBN 2-226-11519-6

Aux paysans de la Creuse.

Avant-propos

De mon arrière-grand-père, je sais seulement qu'il est né à Guéret en 1820 et qu'il a épousé une certaine Honorine Quellet, originaire du Peyroux, commune de Saint-Vaury.

Aussi qu'il travaillait comme typographe chez l'imprimeur Dugenest, rue du Marché.

Lui qui maniait les caractères d'imprimerie à longueur de journée pour composer les phrases des autres n'a pas laissé trace de son écriture.

Ni de son visage.

Juste un signalement sur un livret d'ouvrier : un mètre soixante, cheveux châtains, nez ordinaire, visage plein, teint coloré et, signe particulier, une cicatrice à l'occiput.

Ah, j'oubliais le menton. Hélas, le menton est fuyant.

Est-ce tout ? Non, il existe aussi une anecdote, racontée par la famille, entendue bien des fois, transmission orale oblige.

Poussé par son ardeur révolutionnaire, il avait, disait-on, entrepris d'aller à pied de Guéret à Saint-Vaury, brandissant le drapeau tricolore, pour annoncer la Bonne Nouvelle : la République venait d'être proclamée.

Cela se passait le 25 février 1848.

Avaient-ils eu vent de l'expédition, on ne sait, toujours

est-il que, l'attendant de pied ferme, les gens de là-bas, dont des cousins, l'avaient reçu à coups de pierres.

Fut-ce par défi, à cause d'Honorine, qu'il entreprit cette marche sur ses terres, en faisant claquer son drapeau ?

Les journaux d'époque restent bien sûr muets sur ce minuscule événement.

Par contre, aux archives départementales, on retrouve son nom, Laforest, Michel, domicilié faubourg Chênevert, sur la liste de la troisième compagnie des gardes nationaux commandée par Coudert-Lavillatte, Joachim, capitaine. On l'arme du fusil numéro 169, que vient de lui remettre un certain Lasnier-Lachèze, employé à la préfecture, de la part d'un sieur X, au nom illisible.

Et c'est ainsi qu'est né ce livre.

A vouloir suivre cet homme et son fusil, du faubourg Chênevert à la place d'Armes que d'aucuns appelaient encore Marchedieu ou déjà place Bonnyaud, et à se demander pourquoi le 15 juin 1848, avec les autres gardes nationaux, tous armés, il s'en est ainsi allé jusqu'à un carrefour de routes où brusquement il s'arrête.

Carrefour d'où part une voie toute droite, à la romaine, descendant en longue pente pour remonter ensuite, remonter et se perdre vers la ligne douce des collines au loin.

La route d'Ajain.

1

25 février 1848.

Quand Michel avait appris la nouvelle – enfin ! – il avait été si heureux, si fier : « Ils ont brûlé le trône, le trône, ils l'ont brûlé ! » allait-il criant par les rues.

Essoufflé, triomphant, la voix brisée, il avait poussé sa porte. Vive la République !

Dans la cuisine, les mains enfarinées, les joues rouges, Honorine était occupée à pétrir sur son grand plateau de bois, un verre d'eau à portée de main. Sans même suspendre son geste, elle lui avait décoché un regard aigu, de ces regards qui vous transpercent. Aussitôt il s'était senti piqué, toute joie retombée.

– On verra bien qu'est-ce qu'ils vont faire, à l'usage, ces nouveaux hommes-là et si, dans nos villages, il y aura moins de misère.

Et avec le rouleau à pâtisserie, elle avait assené un si grand coup sur sa boule de pâte qu'un nuage de farine avait volé vers le plafond.

Voilà. C'est tout ce qu'elle avait trouvé à dire. Mais les femmes pouvaient-elles comprendre quoi que ce fût à ce grand mouvement qui allait changer le monde ?

Aussi quand il dut lui annoncer qu'il allait se mettre en

route avec quelques autres pour Saint-Vaury, il en avait entendu de belles ! Elle avait alors poussé les hauts cris, le mettant en garde, clamant qu'il était fou, qu'il perdrait sa journée de travail. Mais il n'y avait rien eu à faire. Elle ne le reconnaissait plus, lui, si timide, si candide d'ordinaire, transformé tout d'un coup en cet exalté agitant un drapeau, en tête du cortège, pris par une passion qui semblait le brûler comme un feu.

Ensuite, pendant des heures et des heures, elle avait attendu, passant tour à tour de la moquerie à la colère, de l'inquiétude à l'angoisse.

Enfin, elle avait entendu des voix dans la rue, puis reconnu son pas, ouvert la porte et poussé un cri.

Il se tenait sur le seuil, chancelant et meurtri, les habits déchirés.

Des gens du quartier étaient sortis pour voir.

D'une main énergique, elle l'avait fait asseoir sur la chaise basse et à présent s'affairait autour de lui.

– Mais aussi pourquoi t'en aller courir là-bas ? Je t'avais pourtant prévenu.

Il ne répondait pas.

– Regardez dans quel état il me revient !

Attirées par la curiosité, des voisines étaient venues contempler le héros du jour, en lambeaux, sanglant et contusionné et, à grands cris, compatissaient.

Manches retroussées, Honorine lui bassinait l'œil avec un énorme tampon de coton imbibé d'arnica. La chair meurtrie avait déjà gonflé comme une pâte et prenait des tons caméléonesques.

– Faire plus de dix kilomètres à pied, user ses souliers, et tout ça, dites un peu, pour annoncer quoi ?

Elle appuya un peu fort. Il poussa un gémissement.

– Ils l'auraient bien appris tout seuls, la nouvelle de ta République, peut-être même la savaient-ils déjà, mais non, il se croit toujours partout indispensable. Ces hommes, avec leur politique, de vrais gamins !

Tel un chœur antique, les voisines bruyamment approuvaient.

Tenant la main en l'air, sourcils froncés :

– Ça pique ? demanda-t-elle.

Il crut déceler quelque satisfaction dans sa voix. Le dépit lui serra la gorge.

Ainsi, elle ne comprendrait jamais ses idées, leur générosité, cet élan humanitaire qui lui gonflait la poitrine, le poussait à se dévouer pour les humbles qui souffraient comme lui avait souffert, ce Peuple qui vivait à genoux, et lorsque enfin le soleil de l'Egalité se levait pour tous, des gens comme elle ne le voyaient pas.

De cela il était plus blessé que des coups et des insultes qu'il avait reçus. Il se sentait seul, incompris, humilié, et en plus il lui fallait supporter toutes ces pécores qui glapissaient en ce moment autour de lui, avec des oh, avec des ah !

Il releva la tête, jeta un regard implorant vers Honorine. Mais elle fit semblant de ne pas comprendre. Il pensa : Comme elle a changé !

Il l'avait rencontrée le jour de la Sainte-Madeleine, un 22 juillet. A la foire de Roches. Honorine était la plus jolie, la plus vive, la plus fine. Une coiffe immaculée sur les cheveux, un caraco net à petits plis, des bas noirs dans des sabots neufs. Belle, belle ! L'air sage, comme étonnée, un peu perplexe, elle l'avait regardé par en dessous, avait baissé les yeux, s'était retournée vers ses amies en riant, puis de nouveau… Il avait pensé : c'est elle ! Mais elle appartenait au monde de la campagne, et avec ces paysans, comment s'y prendre ? « Il vient de la ville, celui-là, c'est un républicain, un rouge, il faut te méfier, petite. » Eh bien, malgré tous, père, mère, oncles, tantes, cousins, cousines, elle l'avait voulu, justement lui. Et il n'en revenait pas d'avoir été choisi. Il en était fier. Il allait partout, disant : Savez-vous, je l'ai rencontrée à la foire de Roches.

Les cousins du Peyroux et autres godelureaux de Saint-Vaury, qui soupiraient pour elle et en avaient été pour leurs frais, ricanaient :

– Elle l'a trouvé à la foire aux ânes, ce gueux !

Mais bien sûr ils étaient jaloux.

2

En ville, dès le 25 février, les affiches annonçant la proclamation de la République avaient été placardées partout sur les murs et sur les planches vertes entourant les troncs des arbres de la place Bonnyaud. Elles étaient signées E. Fayolle, chef de bataillon de la garde nationale.

Les gens venaient voir, certains demeuraient là, plantés, mettaient leurs lunettes pour tout lire, mais beaucoup jetaient un simple coup d'œil sur les titres et passaient. A part quelques républicains notoires, tels les gens de la presse qui avaient connu maints déboires sous le régime précédent, et les typographes comme mon arrière-grand-père qui sont toujours, on le sait, en avance sur leur temps, l'ensemble de la population restait calme. Les ouvriers étaient plutôt indifférents. Les notables de la toute fraîche Société démocratique le leur reprochent et s'étonnent. Mais ces gens-là savent-ils seulement lire ? Pour les éclairer, on créera une Société spéciale, celle des travailleurs.

Par ordre du ministère de l'Intérieur, tout le personnel administratif, maire, adjoints, préfet, va changer. Il faut partout « des hommes nouveaux ». Plus de bal pour la baronne Petit de La Fosse. Calèches, froufrous, valses, tout est fini. La préfète fait ses malles.

Des hommes nouveaux.

Le commissaire de police Blanpin, lui, est resté.

Affichant leur zèle républicain, les nouveaux édiles ont ouvert à la mairie une souscription pour les victimes parisiennes des journées de février.

Dugenest père et Niveau aîné, imprimeur et libraire, des officiers polonais et le citoyen Muyard, professeur de rhétorique au collège, s'empressent de montrer le bon exemple.

Mais le bon exemple n'est pas toujours suivi.

Qu'à cela ne tienne, la liste sera dorénavant présentée à domicile. Par le commissaire Blanpin lui-même.

Comment oseriez-vous refuser, mesdemoiselles Goguyer et Pichot, marchandes de nouveautés, madame veuve Allasluquetas, chapelière, les sieurs Parrain et Babiche, perruquiers ? Le pâtissier suisse Mayer, le géomètre Lagoutte, et Miette aîné, bottier, y vont parmi d'autres de leur obole. Tandis que l'arquebusier Ambaud a le geste large (cinq francs), le sabotier Sudre, avec cinquante centimes, paraît bien chiche. Mais les temps sont durs.

Même si le commissaire ne s'aventure pas dans les faubourgs, Honorine Quellet, qui chez elle tient les cordons de la bourse, avertit son époux : Pas un liard, tu m'entends ! car elle se méfie de ces quêtes improvisées, soi-disant pour des gens de Paris, blessés peut-être, morts sans doute, mais qui ne sont pas du pays et que l'on ne connaît pas.

D'ailleurs, on oublia bientôt la collecte. Les commissaires de la République lançaient une nouvelle mode : les arbres. Partout le peuple fraternel allait planter des arbres. Des arbres de la Liberté. Dans chaque ville, dans chaque bourg.

Drapeaux, banderoles, tambour, maire et curé.

Et c'est à Ajain que fut planté l'un des premiers arbres de la Creuse, le 4 mars, pour être exact.

3

Ajain avait accueilli la République avec espoir et enthousiasme. Une Société démocratique, on disait ici plus familièrement le club, y était fort active, animée par Pauly, menuisier-aubergiste, secondé par Bord, aubergiste-sabotier. C'est ainsi que, devant une chopine, on discutait ferme et on se lisait les journaux.

On arriva donc au 4 mars.

Drapeaux, banderoles, tambour, curé. Mais pas de maire. L'arbre de la Liberté était prêt. Le maire ne l'était pas.

C'était pourtant un de ces édiles mis en place par la République. Un « homme nouveau ».

Or le citoyen-maire Joubert, notaire de son état, avait refusé la veille de cautionner la cérémonie. Rien à faire, il n'irait pas.

Toutes ces singeries, orchestrées de Paris autour d'un arbre ! C'eût été un chêne, passe encore, mais un peuplier, cet arbre grelinet qui dans le vent fait un bruit de petite pluie. Imaginez Saint Louis sous un peuplier. Non, il n'irait pas.

D'ailleurs, il regrettait déjà d'avoir accepté cette charge. Tel un lièvre apeuré au moindre frisson de l'herbe, il se sentait de plus en plus inquiet. C'était sa femme aussi qui l'avait poussé à accepter. Epouse de maire ! De simple notaire gratte-papier, il deviendrait une personnalité avec laquelle il faudrait compter. Il pouvait même entrer dans l'histoire, allez savoir. Allons, Léonard Joubert, un peu d'audace ! Et puis son prédecesseur, le révoqué Brunet, en ferait une jaunisse, sûr et certain. La jaunisse de Brunet l'avait à la fin décidé. Cependant, quelques jours plus tard, l'ancien maire, pas du tout jaune, le teint frais et la mine réjouie, lui avait murmuré : « Ah ! monsieur Joubert, pardon, citoyen Joubert, en ces temps mouvementés, avec ce Pauly et son fameux club, et Bord, son compère, et toutes ces têtes près du bonnet, mon pauvre ami, je vous souhaite bien du plaisir ! » Ces paroles l'avaient atteint au vif. Lui aussi redoutait Pauly, la bête noire du percepteur, mauvais payeur, mauvais coucheur, on racontait qu'il s'en disait de belles autour de son comptoir. Il n'en dormait plus.

Non, il n'irait pas avec eux planter l'arbre.

C'est ainsi qu'à l'aube du 4 mars, alors qu'il s'extirpait à peine des brumes du sommeil, la mine défaite, les yeux mangés de cernes, il entendit dehors un grand bruit. Puis, on tapa violemment à sa porte.

Il alla ouvrir. Ventre en avant, lippe mauvaise, c'était Pauly. Derrière lui, il aperçut le nez rouge de Bord, l'aubergiste, reconnut Parenton et Naudy et aussi la face blême du Prussien, il pensa : Cette canaille, suivi d'autres encore, bref toute une délégation.

Pauly eut beau caler son pied dans la porte et menacer, tout postillonnant de colère, il n'y eut rien à faire.

– Le curé Vacher peut bien asperger votre arbre avec des litres d'eau bénite, si cela lui chante, moi, j'ai dit non, c'est non.

Son interlocuteur avait à ce point le don de le mettre hors de lui qu'il s'entêtait et ne se reconnaissait plus. Il y eut des murmures, des cris. A la fin, une main lui tendit un papier. Il eut juste le temps d'y lire que, puisque lui, le maire d'Ajain, refusait de présider la cérémonie, un commissaire avait été désigné pour le remplacer. Les soussignés et cetera...

Le commissaire, c'était Pauly bien sûr.

Ainsi, tout avait été prévu. Il frissonna : un complot !

D'une main tremblante, il signa et, dès que Pauly eut enlevé son pied, claqua la porte.

Toute la journée, il se sentit inquiet.

Il n'aurait pas dû claquer la porte.

Dans un coin, interdite de fête, Mme Joubert boudait. Fenêtres fermées, s'infiltraient les flonflons de la musique, les battements de la caisse, des *Marseillaise*, des vive la République.

Il n'aurait pas dû claquer la porte.

Jusque tard dans le soir, il entendit des cris, des clameurs. Dans son auberge, Pauly devait bomber le torse, lui, autoproclamé commissaire, pensez donc ! Un homme qui avait le bras long. On disait qu'il régalait gratis pour attirer chez lui les gens.

Il n'aurait pas dû claquer la porte.

Les heures s'égrenaient à la pendule. Il la regarda. Sa pendule ! La plus magnifique de tout le pays. Les paysans se réglaient sur le soleil. Lui avait sa pendule, plus belle que tous les soleils. Il avait coutume de dire : « Elle m'a coûté une petite fortune. Cher ami, venez donc à midi écouter sonner ma pendule. »

De loin, les chants qui s'éraillaient, le vacarme assourdi lui parurent sinistres. Il eut comme un pressentiment. Cet arbre porterait malheur.

Depuis longtemps, Mme Joubert était montée se coucher, lèvres pincées, furieuse, sans un bonsoir.

Resté seul, le citoyen Joubert veillait. Soudain, dans le silence de la pièce, la pendule émit une sorte de hoquet à peine perceptible, comme lorsque quelqu'un prend son souffle. Il leva les yeux. Elle sonna minuit. Il allait se coucher à son tour, lorsque, allez savoir pourquoi, l'envie lui vint de sortir faire un tour, question de prendre l'air. Sans bruit, il se glissa dehors.

Depuis longtemps la nuit était tombée. L'une après l'autre, les lumières s'étaient éteintes et les auberges avaient fermé leurs portes sur les derniers fêtards, sortis en titubant.

L'un d'eux n'avait pu marcher jusque chez lui et était resté affalé dans l'ombre, contre un mur.

Le lendemain, Naudy assura avoir vu un fantôme, pour sûr sorti du cimetière, se faufilant à travers les brumes de la nuit jusqu'à l'arbre, et là, debout devant les fleurs de papier et les guirlandes chiffonnées, ce qu'il avait fait, il n'osait le dire, mais il en était certain, il lui avait parlé, à l'arbre.

– Qu'est-ce que tu es encore en train d'inventer, mon pauvre Louis, hier au soir, tu étais saoul comme une bourrique.

– Puisque je vous le dis, j'étais à côté et j'ai très bien entendu.

– Et alors qu'est-ce qu'il racontait, ton revenant ?

– Crève ! qu'il a dit.

4

Malgré la malédiction, s'il y en eut jamais, l'arbre ne périclita point. Au contraire. Dès le mois suivant, il sortit quelques pointes de bourgeons et sembla vouloir vivre une vie de peuplier normal qui, dans ses branches, sent monter avec la sève les approches du printemps.

Les gens d'Ajain passaient, regardaient l'arbre avec plaisir, comme on attend de voir grandir un enfant. N'était-il pas leur arbre, celui qu'ils avaient choisi ; n'avaient-ils pas, pour lui, creusé le trou, puis avaient arrosé, pour ensuite le mettre en place, arrosant de nouveau, et tassant la terre à son pied ? Ils l'avaient décoré, orné de drapeaux, de guirlandes et de fleurs. Tout cela était fini, mais il restait dans l'air, autour de lui, comme des résonances de fanfare et de fête.

Cependant, au fil des jours, puis des semaines, peu à peu l'euphorie se dissipait. On avait beaucoup bu pour célébrer le monde nouveau, à présent on buvait pour se consoler de la déconvenue. Car, il fallait bien se l'avouer, les affaires allaient de nouveau de travers.

On avait voté en avril, quand tous les hommes y étaient allés de leurs bulletins, en suivant les avis du club. Pas de traîne-savates. On avait laissé au logis les femmes, toujours colères contre tout, et un ou deux vieux carlistes, grognons impénitents.

Mais rien de ce qu'on espérait ne venait. Dans les campagnes, on n'en pouvait plus de misère. Le chômage avait empêché les maçons de partir à Paris. Ils traînaient dans les jupes des femmes, habituées à être indépendantes et à toucher la paie quand ils étaient de retour. Ils se mettaient bien aux travaux des champs, mais le cœur n'y était pas.

Tous avaient espéré qu'avec ce nouveau régime, « pour le peuple et par le peuple », les paysans auraient enfin compté. Et que leur offrait-on ? Rien.

Pire que tout, le bruit se mit à courir qu'à Paris quelqu'un avait eu l'idée d'une nouvelle taxe, sorte d'impôt extraordinaire.

Un jour, à l'auberge, on ne parla que de cela. L'inventeur ? Un certain Garnier-Pagès, mais ce n'était qu'une rumeur. Cependant, Pauly avait tapé du poing sur le comptoir et froissé les feuilles de son journal.

On ne se pardonne pas d'être déçu.

Les paysans rentrèrent chez eux très inquiets.

– Que penses-tu de tout ça ? dit l'un.

– J'en pense rien, ça n'est pas fait, dit l'autre.

– Mais imagine-toi, si ça se faisait quand même.

Il y eut un silence.

– Avec toutes les dettes qu'on a sur le dos, il n'y aurait plus qu'à se pendre, Debellut.

– On ne peut même pas se pendre, Lionnet, avec tous ces enfants qu'on a.

– C'est vrai. On ne pourrait même pas se pendre.

Le vent soufflait, presque un vent d'hiver. La pluie s'était mise à tomber, leurs visages ruisselaient.

– Ça ne m'étonnerait pas que demain, ça grêle.

– Ce sera un printemps pourri, je te dis.

Ils se séparèrent. L'un se dirigeait vers Langeas. L'autre disparut en direction de Villechabut.

Et puis les jours passèrent. On ne parlait plus d'impôt.

Mais lorsque l'arbre de la Liberté mit ses feuilles, c'est à peine si les gens d'Ajain y prêtèrent attention.

5

Après les élections du mois d'avril, Michel Laforest travaille en chantonnant. Il est heureux : le docteur Guisard, qu'il admire tant, vient d'être élu représentant du peuple.

De son côté, le citoyen Guisard, qui se rend souvent en visite à l'atelier Dugenest, porte beaucoup d'estime à cet ouvrier-typographe, honnête travailleur et républicain de la première heure. Il l'a pris en amitié au point de lui faire, quelques jours plus tard, cadeau de son propre portrait, gravé, en nouvel élu, cheveux gris bouclés, sourire discret, insigne de velours frangé à la boutonnière.

Bouleversé, Michel a sorti de sa poche un grand mouchoir à carreaux et n'arrive pas à trouver ses mots.

– Allons, remettez-vous, mon brave, vous le méritez bien, avec tout ce que vous avez fait pour mon élection, et puis, j'ai su comme vous vous êtes battu pour la République. N'avez-vous pas été blessé ?

– Oh ! cela ne vaut pas la peine d'en parler, balbutie Michel.

– Mais si, mais si ! Vous avez risqué votre vie. Ah ! vous êtes trop modeste, mon ami. Allons, vive la République !

– Vive la République, répond en écho une voix troublée par l'émotion.

Rentrant chez lui, le soir, son député sous le bras, Michel ne se sentait plus de joie. Il voyait déjà le portrait accroché au mur. Il n'aurait qu'à lever les yeux, et il serait là ! Lui qui l'avait appelé son ami !

Ce n'est qu'en arrivant au coin du faubourg de la Boucherie qu'il commença à s'inquiéter. A la rue Tour-du-Baril, il devint anxieux. A l'octroi, il freina le pas. Jamais Honorine n'accepterait le député chez elle. Un instant il s'arrêta et se gratta la tête. Que faire ? Il réfléchit. Comment contourner l'obstacle ? Si Honorine n'allait pas souvent à l'église, elle avait la foi vissée au corps. Elle vénérait saint Valéry, son saint local qui guérissait coliques et fièvres. Cela lui donna une idée. Il n'avait pas de saint Valéry sous la main, mais il se souvint qu'au grenier, dans sa malle, il possédait l'image de son saint patron. Peut-être l'un ferait-il passer l'autre.

Un jour, après dîner, perché sur un escabeau, Michel plantait un clou.

– Qu'est-ce que tu fais là-haut ? Je croyais que tu étais de garde ce soir.

Il prit un air mystérieux et s'en alla planter un second clou.

Les mains sur les hanches, Honorine suivait chaque geste.

Alors Michel accrocha Guisard. Il descendit, recula d'un pas et pencha la tête.

– Voilà !

– Qui c'est'y ? demanda-t-elle, sourcils froncés.

– Guisard, représentant du peuple, présenta-t-il avec quelque emphase.

– Je n'en veux point, sous mon toit, de cet homme-là, pourquoi est-ce qu'il viendrait s'installer dans ma cuisine et faire tourner mes sauces ?

Il insista :

– Le docteur Guisard, tu en as entendu parler, le médecin des pauvres.

– Je n'en veux point. Il n'est ni de ma famille, ni de la tienne.

C'est alors qu'il lui tendit l'autre cadre, avec ces mots : « Et ceci est pour toi. »

Pour elle ? Qu'est-ce que c'était ? Elle ouvrit le paquet, fit oh !

C'était un saint Michel, tenant une longue lance, ailes vibrantes, un pied en l'air, écrasant de l'autre un diable cornu aux yeux exorbités de stupeur.

– Que c'est beau ! murmura-t-elle.

Elle approcha son visage tout près, jusqu'à laisser une légère buée sur le verre, puis caressa la gravure des doigts :

– Quelle belle jambe il a, cet ange, regarde ! et sous sa sandale, là. Ah ! tu vois, le bien finit toujours par avoir raison du mal.

– Oui, opina-t-il, c'est vrai. Et ce n'est pas seulement un ange, c'est un archange.

A son tour, il observait la gravure, comme s'il ne l'avait jamais vue auparavant. Son enthousiasme le gagnait. Les ailes surtout lui plaisaient.

– Avoue qu'il a plus d'allure que ton représentant.

– Sans doute, concéda-t-il, mais ce n'est pas pareil.

Il la vit se détourner un instant et il devina qu'elle se cachait pour sourire. Ah ! la mâtine, elle avait tout compris. Cependant, il avait gagné : elle acceptait le lot.

Ce soir-là, quand il revêtit son uniforme de garde national, Honorine l'accompagna jusqu'à la porte.

– Tous ces tours de garde, on dirait que les Cosaques vont débarquer à Guéret. Et toi, avec ce vieux fusil et sans cartouches, pauvre soldat !

– Eh bien, justement, il paraît qu'on va nous en donner des neufs.

– Des fusils ! Pourquoi faire ? s'inquiéta-t-elle aussitôt.

– On n'en sait rien.

– Des fusils neufs, tu es sûr ?

– C'est ce qui se dit.

Sur le pas de la porte, Honorine se laissa embrasser, ce qui était de sa part signe de grande effusion.

6

Comme une traînée de poudre, la nouvelle se répandit de hameau en hameau, remontant routes et chemins creux, sautant haies et échaliers, si bien que le soir des groupes d'hommes inquiets quittèrent les champs pour descendre au bourg.

En avoir le cœur net.

A Ajain, l'auberge de Pauly était pleine.

Ainsi, c'était donc vrai.

Certains criaient et tapaient du poing sur la table. D'autres restaient stupéfaits.

– Ce n'est pas possible ! s'exclamaient-ils.

Le projet d'impôt extraordinaire, dont on ne parlait plus, avait ressurgi. Pire, l'Assemblée nationale, les élus, leurs élus, l'avaient ratifié.

Mais si ! puisque c'est écrit, noir sur blanc. Le 22 mai. Courroucé, cramoisi, l'aubergiste brandissait la page du *Constitutionnel* sous le nez de Sylvain Bourliot. Là, là, regardez, même si vous ne savez pas lire, c'est ainsi, et qu'y faire, maintenant ? Il se rassit et s'épongea le front.

45 centimes.

Ce petit rien, cette vétille.

– Pas possible ! répétaient les voix.

Les yeux étaient hagards, les gens comme hébétés.

– Ce n'est pas difficile, écoute-moi, pour un franc, tu dois payer 45 centimes.

C'était Jean Brelingard qui essayait d'expliquer. Il aimait les chiffres.

– Je comprends rien.

– Je te dis : pour 1 franc, tu payes 45 centimes, pour 10 francs, tu payes 4,5 francs, pour 100 francs...

– Je comprends pas, puisque je n'ai pas un liard vaillant.

– Je le sais bien que tu n'as rien, mais l'autre là-bas, à Paris, il les veut, lui, ses sous.

– Et c'est exigible de suite ! hurla Pauly de derrière son comptoir. Pour les dégrèvements, il a dit que ça sera aux percepteurs à voir sur place.

Alors, là, ce ne fut qu'un cri : le percepteur ! Boudot, leur percepteur, faire crédit ! Oh là là ! et ils se tapaient sur les cuisses. Cette sangsue des marais, ce bourreau sans cœur ni entrailles, ce maudit. Avant, on payait tard dans l'année, un centime le franc par feu. Non, on ne pouvait y croire, ces journaux, avec leurs menteries. Et pourtant. Certains restaient tassés sur le banc, écrasés déjà par le malheur. D'autres gesticulaient. Bourliot s'était levé. C'était un colosse plutôt taciturne d'ordinaire. On fit silence.

– Canaille ! Comment tu as dit qu'il s'appelle, ce ci-devant-là, Garnier-Pagès, hein ? Ah, que cent renards enragés lui mordent les fesses ! Mais on ne se laissera pas faire, c'est moi qui vous le dis ! On payera pas.

Boiron, Fayard et Barthommier, tous maçons restés sans travail, à leur tour se levèrent : On payera pas !

Dans l'auberge, le vacarme était à son comble.

Bourliot tapait sur la table en criant : Canailles, canailles !

Pâle, défait, Louis Lionnet demeurait accablé sans pouvoir prononcer le moindre mot. A côté de lui, Silvain

Debellut semblait perdu. Comme les autres, ils pensaient : Les dettes, les dettes. Tous avaient dû emprunter pour la maison, pour le champ, pour la vache, pour un bout de pré. C'est que le paysan ne vivait pas comme l'ouvrier, en garni, il voulait avoir son toit sur la tête, et son lopin, même si la terre est pauvre, chiche et pierreuse. Et puis, il y avait les bêtes. S'échiner pour tenter de mettre quatre sous de côté. Et voilà. Faudrait-il, leur bien saisi, qu'ils s'en aillent par les routes, mendier un bout de pain ?

Et les femmes ? Ils les entendaient déjà, tandis qu'ils avaient repris le chemin du retour.

A Loubier, elles étaient là, en effet, qui les attendaient, car, d'instinct, elles avaient senti dès le matin que quelque malheur se tramait.

Autour d'elles, la marmaille piaillait. Mon Dieu, tous ces enfants !

Sans doute, les hommes auraient préféré parler, porte fermée, chacun à sa chacune, entre mari et femme. Mais elles se tenaient en groupe serré, solidaires, comme prêtes à la défense ou à l'attaque. Sous leurs regards, ils se sentirent intimidés, penauds, presque coupables. Ils baissèrent la tête et avouèrent l'impôt. Jean Brelingard n'eut pas besoin d'expliquer le calcul. Ce fut aussitôt un véritable charivari. A leur tour, elles criaient : Non, ce n'est pas possible ! Et nos enfants, tu y as pensé, et l'endettement, et cette vie de misère, et ces privations, et la grêle, et la maladie ! Elles s'en prenaient directement aux maris. Ainsi, ils avaient voté, et à quoi ça avait servi, hein, ah ! ils faisaient assez les farauds, en partant au bourg, eux, les hommes, tous en rang, laissant la femme au logis à curer la marmite, conduire la vache et s'occuper des petits. Pauvres niais !

A la fin Bourliot fendit la foule, attrapa la sienne par une manche et, suivi de tous ses enfants, claqua la porte. On entendit un fracas de vaisselle.

Lionnet et Debellut étaient rentrés eux aussi. Ils avaient cheminé un long moment, sans dire un mot, le pas de plus en plus lourd.

Debellut, trapu et tête ronde, marchait en avant. Lionnet, tout en longueur, visage mince et fin, l'œil très bleu, le suivait, l'air absent.

– On pourra jamais payer.

– C'est vrai qu'on pourra pas.

Ils étaient pourris de dettes tous les deux. Debellut venait d'emprunter pour réparer le toit de sa grange et Lionnet, scieur de long, était au chômage depuis un an et en ressentait quelque chose comme de la honte.

– Te voici rendu, dit Debellut, ça va pas être notre fête, ce soir, vieux.

– Pour sûr, répondit Lionnet et il poussa la porte.

Comme dans beaucoup de maisons, il n'y avait qu'une seule et unique pièce avec, empilés des deux côtés de la cheminée, les lits avec leurs paillasses. La lumière vacillante du châneuil jetait des ombres mouvantes sur les murs. Penchée devant l'âtre, la femme se releva et jeta sur son mari un regard à lui transpercer l'âme. Il fit un geste désabusé et secoua la tête. Elle comprit aussitôt, mais ne cria pas. Calés sur les bancs, autour de la table, les enfants regardaient tour à tour le père et la mère, effrayés, sans comprendre.

Le silence de sa femme fut pour Lionnet pire que tout.

– Il n'y aura bientôt plus rien à manger, murmura-t-elle soudain, sans le regarder.

Il le savait bien. Les pommes de terre avaient eu la maladie, et les châtaignes qui les avaient nourris tout l'hiver étaient épuisées. Pourquoi fallait-il qu'elle le lui rappelât justement ce soir-là ?

Après avoir servi, elle s'assit et resta ainsi, immobile, les mains posées à plat sur la table.

– Tu ne manges pas ? demanda-t-il.

– Je n'ai pas faim.

Alors, le plus petit, levant les yeux vers sa mère :

– J'en voudrais bien, moi, encore un peu de la soupe, dit-il tout bas.

Mais il n'y en avait plus.

Quand la table fut débarrassée et les enfants au lit, ils restèrent face à face tous les deux.

Alors des mots lui vinrent, comme une rengaine : Pourquoi mon Dieu, pourquoi faut-il que la vie soit ainsi faite que nous soyons si malheureux ?

et il se prit la tête dans les mains.

7

Comme chaque matin, M. Boudot, percepteur, qui habitait Ajain, faisait, juste avant que ne pointât le soleil, son petit tour de jardin. Bedonnant, la main potelée, l'œil froid, le cheveu rare soigneusement disposé en travers de son crâne, il s'avançait à pas comptés sur l'allée centrale jusqu'au mur du fond. Là, dans un coin, devant une maigre rangée de noisetiers sauvages et derrière de gros pieds de rhubarbe, se trouvait ce que l'on appelait le fumier, dépôt des épluchures, des seaux et pots de chambre de la maison. Il s'arrêtait là un long moment, et, après avoir copieusement arrosé les arbustes et reboutonné son pantalon, il reprenait le chemin en sens inverse, comptant à nouveau ses pas, entre les petits buis, les fines herbes et l'oseille tendre. A ce moment-là, le soleil jetait son premier rayon entre les branches. Mais quel soleil aurait pu égayer M. Boudot ?

Dans la commune on se plaisait à raconter que si, par suite de quelque fâcheux accident, il tombait sous le scalpel d'un chirurgien, celui-ci, en l'ouvrant, serait fort étonné de trouver à la place du cœur une caisse noire remplie des sous de ses victimes.

En fait, M. Boudot ne prenait ni peine, ni plaisir à percevoir l'impôt.

Percepteur modèle, il agissait par pur devoir. C'était ainsi. A chacun ses rôles. Il obéissait à l'Etat, quel que soit le régime. Sa démarche était la même, faire rentrer l'argent dans les caisses. Il se rendait là où on lui disait d'aller, à l'heure dite, ponctuel, immuable.

S'il rencontrait un mauvais payeur, qu'il soit roublard, pingre ou aux abois, il ne faisait aucune différence. La loi était pour tous la même. La veuve en larmes, un bébé famélique dans les bras, ne le touchait pas, sauf si le nourrisson se mettait à hurler, ce qui l'indisposait fort, car il avait horreur du bruit.

S'il avait parfois affaire à un retors, tel Pauly l'aubergiste, il savait lui rabaisser son caquet et le condamnait pour nonpaiement d'impôt à des corvées telles que quatre journées de travail d'homme, quatre journées de vaches de trait et deux journées de charrettes, à faire ou faire faire sur le chemin d'Ajain à Ladapeyre. En fait, comme au confessionnal, simple pénitence de routine.

Avec le nouveau régime et la République, les corvées avaient été supprimées. Pauly exultait. Mais cela n'avait en rien altéré l'humeur du percepteur. D'expérience, il savait que, sous un aspect plus libéral, dont on ferait bon usage auprès d'un public naïf, le nouveau régime inventerait vite d'autres moyens, peut-être même plus perfides, pour arracher les fonds.

Les 45 centimes le mirent aussitôt sur pied. Il partit donc en campagne, à peine surpris, même si jamais, de mémoire de percepteur, on n'avait vu si exorbitant taux de redevance. Mais ce n'était pas son affaire de concevoir ne serait-ce que l'ombre d'un jugement critique sur pareil point.

Ce matin du mercredi 7 juin 1848, pour être très précis, M. Boudot, qui avait décidé de commencer par le bourg de Pionnat, cria dans l'escalier :

– Madame Boudot, je m'en vais percevoir le nouvel impôt.

Et il prit sa caisse.

Il ne se doutait pas de ce qui allait lui arriver.

8

Bel homme, nuque raide, lèvres minces, regard condescendant, le tout nouveau préfet arpente nerveusement son bureau.

Il est un de ces « hommes nouveaux », fraîchement promus. Ces mots, « Ah tiens, c'est vous, Desétiveaux, une mission dans la Creuse, qu'en dites-vous, commissaire avec pleins pouvoirs et habit de préfet au bout », avaient tout changé.

Sorti un moment prendre l'air dans le couloir, il fait craquer les phalanges de ses doigts et jette un regard par une des fenêtres : sur la place, les gens passent, restent parfois piqués à bavarder ; il parie que s'il revenait dans une heure, il les retrouverait, les mêmes, au même endroit ! Devant les grilles, près de la guérite, le garde national de service, tunique molle déboutonnée, fait les cent pas, le nez au vent. Il faudra renforcer la garde. Vérifier les armes. Mal entretenues, rouillées, un tas de vieille ferraille. Distribuer les nouveaux fusils, en dresser la liste. Cette pagaille ici, où tout semble aller à vau-l'eau. Mettre de l'ordre. Prévoir toute éventualité, réfréner la paresse, le laisser-aller, l'indiscipline.

Il a reçu des nouvelles alarmantes à la suite du nouvel

impôt. Des rumeurs de manifestations, de rébellions même ; un peu partout en France, à Rioms, Troyes, Limoges, Brive, on parle d'huissiers lapidés, d'enchérisseurs roués de coups pendant les saisies. Il vient de lire une note signalant que, près de Lourdes – mais où diable est-ce, Lourdes ? –, des rebelles ont jeté à la rivière les porteurs de contrainte… On aurait vu flotter au vent des drapeaux noir et blanc.

Des agents de la loi à la rivière ! Il pense aux émeutes de Buzançais. Le rouge de la colère empourpre son cou, lui monte aux oreilles.

La Creuse reste à peu près calme, Dieu merci, mais sait-on jamais. Etre vigilant. Se méfier de ces hommes à double visage. Des perfides, des intrigants. « Pas de transaction, pas de complaisance ! » Il jette un dernier regard au-dehors. L'homme de faction est tombé en aimable conversation avec des demoiselles à ombrelles. Il rit, pirouette sur son talon et coquette. Un comble !

– Coignard ! hurle le préfet.

Comme surgi de terre, le secrétaire apparaît, des papiers plein les mains.

– Regardez-moi ça, quelle honte ! La garde nationale, la meilleure défense de la République.

Coignard a tendu son long cou à la fenêtre et disparaît.

Quelques minutes plus tard, autour de la guérite, pfuitt, les ombrelles se sont envolées.

Revenu derrière son bureau, le préfet écoute le rapport que Coignard, détachant bien les mots, lui adresse, tête respectueusement penchée.

Les nouvelles sont mauvaises. Des ouvriers se sont battus à La Souterraine. A Saint-Victor, à Saint-Sylvain, à Sardent, on signale des mouvements de protestation contre l'impôt, là rien encore de très grave, mais…

– Mais ?

– Mais il y a eu, à Pionnat d'abord, puis à Ajain, des incidents beaucoup plus fâcheux. Dans les deux cas, on aurait pris à partie un percepteur. Une foule de paysans aurait envahi la salle de la mairie en hurlant des menaces, l'un d'eux portait une serpe au bout d'un manche et criait : Je vais te couper le col, canaille. Le percepteur, un certain Boudot, a bien failli être écharpé et n'a dû son salut qu'à la diligence du maire qui a réussi à le faire sortir par une porte dérobée…

– Où cela s'est-il passé, disiez-vous ?

– A Pionnat et à Ajain, citoyen préfet.

– Ajain, quel Ajain ?

– Tout près d'ici, sur la route de Moulins.

Le préfet réfléchit. Ainsi, le mal se rapproche. Il ne laissera pas s'installer cette gangrène. Pas de transaction, pas de complaisance.

– L'impôt a-t-il été versé ?

– Non, citoyen préfet, quelqu'un aurait même crié : C'est avec des balles que je vais te le régler, ton impôt !

Le préfet a frémi. Il faudra convoquer le commissaire de police et les autorités. Ajain. Tout à l'heure, il consultera la carte. Des paysans. On l'avait prévenu. Il entend la voix : Vous ne connaissez pas les campagnes ? Ah ! Mais là-bas, ces Marchois, méfiez-vous, ce sont des durs, quand ils ont une idée dans la tête…

Il s'est levé, se tient face à la glace, rejette en arrière la longue mèche de ses cheveux et se regarde. Il est la loi. La loi de la République. Qu'est-ce qu'Ajain à côté ? Ajain, qui a jamais entendu parler d'Ajain ?

Le préfet agite la main, comme pour dire : vous pouvez disposer. Mais Coignard est revenu sur ses pas.

– J'oubliais, citoyen préfet, la musique militaire, heu…

les musiciens sont venus se présenter : le chef Niveau, Popelin le maître de musique, les Parrain père et fils, le peintre Léon Desjardins, le pâtissier...

– Qu'ils aillent au diable ! Quoi encore ?

– C'est une dame, balbutie Coignard, une dame que je connais... Elle est là depuis ce matin, elle insiste. Une requête urgente.

– Qu'elle écrive !

– Voici sa lettre.

– Lisez-la, mais vite.

Le préfet soupire, se cale dans son fauteuil et ferme les yeux. Il entend : « Son domestique étant convoqué pour l'exercice de la garde nationale, Madame L. prie monsieur le Préfet de vouloir prendre en considération la position de ce pauvre garçon qui est boiteux et serait tout à fait mal placé dans les rangs de votre belle milice. » Il saute en l'air :

– C'est incroyable, explose-t-il, me déranger pour ces bêtises ! Puis, reprenant son calme : Vous le connaissez, vous, Coignard, ce domestique, il est vraiment boiteux ?

– Il boite, citoyen préfet, c'est indéniable.

– Eh bien, qu'il voie le médecin militaire, le docteur Moreau, et qu'on le redresse !

9

Ce dimanche 11 juin, descendus de La Borde, Loubier, Villechabut, Rougnat, Puygaillard, Moulantiers et autres hameaux, les paysans se rendirent à Ajain pour assister à la grand-messe. Habits de fête, coiffes brodées, guimpes empesées, chemises propres, enfants débarbouillés et bien peignés. Tout le monde a appris la déconfiture du percepteur et, en plus, le lendemain, c'est fête patronale. Bonnes occasions de se réjouir. Chemin faisant, on chante, on rit, l'espoir est revenu.

Ajain s'étire tout au long de la grand-route, maison contre maison, avec beaucoup de cabarets et d'auberges, et rien ne le distinguerait d'un autre de ces bourgs qui, maison contre maison, s'étirent le long d'une route, avec beaucoup d'auberges et de cabarets, s'il n'était dominé par l'imposante bâtisse du séminaire, célèbre dans toute la région et qui fait la fierté des habitants. Tout près, court un long mur de vieilles pierres, bordant le domaine du marquis de La Celle. Comme beaucoup de marquis à cette époque, celui de La Celle est à l'image de son château. C'est-à-dire un peu délabré. Cependant, il porte encore beau, longue redingote, long visage pâle, longs favoris, longue main fine. Charles X au village.

A l'église, il a gardé son banc, malgré les velléités fielleuses de quelques républicains ultras pour le lui retirer et le mettre à genoux sur la paille du prie-Dieu comme les autres. La population a protesté, surtout les femmes, toujours elles, qui tenaient à conserver leur marquis dans son banc.

Mais ce dimanche, si la vieille église est pleine, le banc est vide.

Le curé Vacher, celui-là même qui a béni en son temps l'arbre de la Liberté, officie avec majesté. Corpulent et massif, il ébranle de son pas le parquet de l'autel et la chaire tremble, quand il en monte les marches une à une pour délivrer son prône. Ce jour-là, le front préoccupé, il prêche la patience et assure que le royaume des cieux est ouvert aux plus pauvres. Il soupire. Du coin de l'œil, il voit les hommes groupés dans le fond qui lorgnent déjà la sortie. Puis montent les hymnes. Les enfants de chœur, tout en dentelles, et oreilles rouge sang, tant elles ont été frottées le matin, agitent à qui mieux mieux les encensoirs. Sous la merveilleuse voûte antique, le sacristain Pardoux Brunet s'affaire, renfrogné, l'œil sévère, et surveille sans en avoir l'air son fils Romain, le sabotier, qui lui prête la main pour l'occasion.

Romain Brunet est beau comme un dieu. On se demande comment le père Brunet, si grincheux, a pu procréer un fils aussi aimable. A voir son visage à travers les fumées d'encens, toutes les jeunes filles du bourg et des environs tombent en extase. Même pendant l'élévation, têtes baissées, certaines glissent vers lui des regards furtifs. Quand enfin, de ses bras puissants, il enlace la corde pour sonner la cloche à toute volée, elles sentent battre leur cœur.

Mais le curé Vacher a levé les mains vers le ciel pour

implorer le Seigneur, qu'Il bénisse ses ouailles, puis se retourne pour constater que des hommes en ont profité pour se sauver. *Ite missa est !* Hélas, il sait trop bien où ils s'en sont allés.

C'est bien sûr chez Bord et chez Pauly où l'on s'écrase. Il y règne une atmosphère de liesse. Bourliot tape sur le comptoir et rit à en devenir écarlate. Pauly, hilare, lui donne de grandes claques dans le dos. Ah, on les a bien eus, vieux, le percepteur et le maire ! Il fallait les voir, décomposés. Et l'autre avec sa caisse et ses rôles qui parlait tout à coup de dégrèvements, et de on verra plus tard. Tous connaissent l'histoire, mais on ne se lasse pas de la répéter. Il tremblait, vieux, ce trouillard de maire, vert qu'il était, il dégrevait, lui aussi, dans son froc. Ah ah ah ! quand il a vu la tête du Prussien, il a cru sa dernière heure arrivée. Et le Boudot, il était pas fier. Il a filé sans demander son reste, la queue entre les jambes. C'est le maire qui l'a fait partir à quatre pattes, par-derrière la mairie. Ah on est bien, tiens, avec ce duo, Boudot-Joubert, quelle chance pour la commune, ça, oui, on peut le dire. La peste et le choléra. Mais là, ils sont pas près d'y revenir.

Tout l'après-midi se passa en déclarations triomphales, on trinquait à n'en plus finir. On décidait des tactiques à tenir si jamais ils y revenaient. Peu à peu, le ton montait. Les têtes s'échauffaient. On exigeait la démission du maire et du percepteur. Mais à force de répéter qu'ils ne s'y frotteraient plus, on commençait à en douter. Quelqu'un insinua que ces teignes-là, elles s'accrochent, même si ça t'a déjà sucé le sang, tu le sais, pas moyen de s'en débarrasser, la tête est entrée profond dans la chair. Combien je te parie que demain, non pas demain, c'est la fête patronale, mais mardi, tiens, il va revenir, le percepteur, avec sa caisse qu'il fera tinter. Il a des ordres. Ça vient de là-haut. De là-bas.

Geste large de la main quelque part vers le nord. Tous crient. Le gouvernement est conspué. On a déjà engraissé Louis-Philippe, on va pas maintenant engraisser cette douzaine de cochons ! Les clubs sont contre l'impôt. A Pionnat, à Ladapeyre, à Jarnages...

– Il faut que personne paye, si on se tient tous ensemble comme on a fait, ils pourront rien contre nous.

C'est Auvert, de Moulantiers, qui a parlé. Il est apprécié pour son calme, son bon sens. De plus, il connaît les bêtes, il sait leur parler, les soigner. On l'acclame. On reprend en chœur : Personne ne doit payer. On y ajoute : Mort à celui qui paiera !

Mais quelqu'un insinue tout à trac que le marquis de La Celle aurait déjà fait verser sa caution, au moins une part.

L'indignation est à son comble. Qui a dit ça ? Comment tu le sais ? Aussitôt, Louis Naudy crie qu'il faut mettre le feu au château. C'est comme un vent de jacquerie remonté du fond des âges, mais sans grand écho. Naudy est sorti dans la rue : Brûlons le château ! crie-t-il tout seul d'une voix éraillée, sans trop de conviction, puis il retourne boire.

Cependant quelqu'un a couru chez le maire. C'est un domestique du marquis. On le connaît, ce François Berger, on ne s'y fie pas. Une vraie mouche du coche. Il tape sur la porte à ébranler la maison. Le maire ouvre, épouvanté.

– Qu'est-ce qui se passe encore ?

– Ils veulent brûler le château. Ils vont le brûler. Ils le brûlent.

Le citoyen Joubert croit voir déjà les flammes embraser le ciel.

– Pauly et le Prussien ont dit aussi qu'ils vous couperaient la tête, à vous et au percepteur.

Et Joubert sent la serpe du Prussien sur son cou.

Une sueur lui descend dans le dos.

– Faites quelque chose, enfin, vous êtes le maire, après tout !

La veille, après la déroute du percepteur, M. Joubert avait hésité. Mais à présent, plus possible d'atermoyer. Le château. Pauly. La serpe. Il saisit une feuille de papier, il écrit, sa main tremble. Il signe.

La lettre est faite. La lettre est pliée. La lettre va partir. Destinataire : le préfet.

A la sortie du cabaret, les paysans s'attardaient. Certains criaient fort et levaient le poing.

Lionnet et Debellut reprirent le chemin de Langeas et de Villechabut.

– Ça sent l'orage, dit l'un.

– Oui, fit l'autre, et l'orage, il faut qu'il crève.

– Sans doute, mais on réussit parfois à le détourner en sonnant les cloches.

– Pas toujours, Debellut, souviens-toi du dernier soir de grêle.

Guillaume Auvert les avait rejoints. Il vit leurs mines assombries.

– Allons, les gars, on ne va pas se laisser faire. Vous avez entendu ? Pauly a le bras long et si on reste unis…

– Mais les autres, ils sont les plus forts, tu le sais bien, Guillaume.

Auvert donna une grande tape sur l'épaule de Lionnet.

– Courage, vieux, et puis demain, c'est la fête !

– C'est vrai, demain, c'est la fête !

Ils firent un bout de route ensemble et ils marchaient sans plus rien dire, quand soudain Auvert releva la tête.

– Ecoutez !

En ce soir de juin, ils crurent entendre le galop d'un cheval qui partait vers la ville.

10

Lundi 12 juin.

Ce fut la fête en effet. Mais pas une fête comme les autres.

Descendus des hameaux environnants, les paysans revinrent au bourg pour assister à la grand-messe. Ils étaient encore plus nombreux que le dimanche, car s'y ajoutèrent ceux des bords de la rivière, du Pont-à-la-Dauge, du Pont-à-Libaud, de Villandry, meuniers et gens des moulins, et tous encore plus beaux, gilets de droguet, vestes avec rubans à la boutonnière, fichus d'indienne, châles de mariage. Les genêts en fleur et les foins coupés embaumaient. Le ciel était d'un bleu limpide. La journée serait belle. On avait envie déjà de danser et de manger des beignets.

Le beau Romain Brunet sonna la cloche encore plus fort, plus longtemps, pour signifier que la campagne était en joie et les jeunes filles, en le voyant, se sentirent encore plus troublées.

Alors l'immense curé Vacher tendit à nouveau les mains vers le ciel, demanda au Seigneur qu'Il protège son troupeau turbulent et, de sa belle voix de basse, enjoignit à tous d'aller en paix.

La place devant l'église, les rues avoisinantes étaient noires de monde. Familles, cousins, amis se retrouvaient, poussant des exclamations. Les cloches carillonnaient, les femmes se regroupaient en d'interminables conversations. Les enfants couraient partout en poussant des cris. Les hommes essayaient d'entrer dans les cabarets où l'on se bousculait.

Pauly était en nage, la chemise trempée de sueur, il s'épongeait avec un chiffon et se penchait par-dessus son comptoir. Naturellement le principal sujet de conversation demeurait les 45 centimes, on racontait toute l'histoire aux nouveaux arrivés qui auraient pu ne pas la connaître. On rajoutait des détails. On se mit bientôt à taper du poing sur la table et à crier : On ne payera pas ! Mort aux traîtres !

C'est alors que vers midi, on entendit des cris. Des gamins arrivaient à la course, gesticulant, montrant du bras le bout de la route et hurlant :

– Les gendarmes ! les gendarmes !

D'une butte où ils jouaient, ils les avaient aperçus, à cheval, en bas, au tournant de la route.

Et en effet, dans un bruit terrible de galopade, ils firent irruption dans le bourg.

Ebahis, les paysans en restèrent muets de surprise. D'un seul coup toutes les auberges se vidèrent de leurs occupants qui restèrent là, piqués sur les seuils, comme ahuris.

Cependant, freinant des quatre fers, les gendarmes s'arrêtèrent devant la mairie où le citoyen Joubert déjà accourait. Avec élégance, le commandant du détachement descendit de cheval, claqua des talons et salua le maire :

– Lieutenant Jacques Saint-Germier.

Grand, distingué, l'œil clair, rien ne bougeait sur un visage imperturbable.

Dans son émoi, Joubert réussit à comprendre que les

gendarmes désiraient logement, couvert, fourrage pour leurs chevaux, puisqu'ils devaient passer la nuit au bourg, pour être le lendemain à pied d'œuvre, protéger le percepteur et faire respecter la loi.

Mais Joubert restait coi de stupeur.

– C'est ce que vous vouliez, n'est-ce pas ? C'est bien ce que vous demandiez à monsieur le préfet, dans votre lettre ?

Joubert bredouilla qu'il n'avait pas prévu, s'embrouilla dans des heu, heu… et finit par dire que ces messieurs fassent à leur guise, et là-dessus, il se sauva chez lui, tout tremblant.

Interloqué, le lieutenant consulta sa troupe et ils s'avancèrent dans le bourg.

Les hommes étaient rentrés dans les cabarets. L'œil sévère, sourcils froncés, les femmes regardaient les gendarmes passer, silencieuses. Les enfants ne bougeaient plus et les tout-petits se collaient à leurs jupes.

Dans les auberges, ce fut aussitôt un tollé. Les gendarmes ! Investir le village, un jour de fête, de fête patronale. Les moins pieux de tous criaient le plus fort au scandale, sacrilège ! c'était un sacrilège. Qui les a fait chercher, Boudot, sans doute ou Joubert, le maire. Ah les gueux, les canailles !

Le lieutenant Saint-Germier, cependant, devait loger sa troupe. La première auberge qu'il avisa fut celle de Pauly. Le vacarme y était assourdissant.

Il entra.

Dès qu'il eut franchi la porte, tomba un silence de mort. Dans cette salle comble, bourrée de gens debout, assis, serrés les uns contre les autres, on aurait soudain entendu voler une mouche. Tout s'était figé, comme par enchantement. Des yeux, il fit le tour de la pièce. Il ne rencontra pas un regard.

Saint-Germier en avait vu d'autres. Avisant l'aubergiste accroché à son comptoir, il réclama l'hospitalité, d'une voix habituée au commandement.

Congestionné, les mains dans son torchon, Pauly ne répondit pas.

– Vous logez bien à pied et à cheval, c'est marqué sur votre établissement.

– Je ne loge plus !

La voix était sourde.

Saint-Germier n'insista pas. Il irait ailleurs.

Ailleurs, ce fut partout le même refus. On ne logeait pas, ou on ne logeait plus. Le temps passait. De guerre lasse, les deux brigades se dirigèrent vers la sortie du village et se rendirent au château.

Dès que les gendarmes eurent disparu, les gens sortirent des cabarets, et alors dans les rues du bourg, sur la route, ce fut le tumulte général. Il fallait agir. Une foule se rassembla autour de l'arbre de la Liberté. En un instant, parmi les cris, les protestations, les lazzis, une main avait brandi un écriteau et quelqu'un l'accrochait à une des branches. En même temps, on vit apparaître une corde à nœud coulant et on la pendit à côté. Le peuplier était à nouveau décoré. Il fut applaudi, entouré. On cria bravo ! Ses feuilles luisantes semblaient bruire dans le vent et murmurer : Enfin, on se souvient de moi.

Dans la foule qui se pressait, quelqu'un saisit Auvert par le bras.

– Tu me reconnais ? Je suis maçon, de Cherdevaux, dis-moi, qu'est-ce que tu as écrit là-dessus ? Je ne sais pas lire.

Auvert lut en détachant les syllabes : Au premier qui paiera l'emprunt forcé, voilà sa potence !

– Ah, ah ! C'est bien envoyé, et avec la corde, en plus, je vais raconter ça aux vieux, ce soir.

Il disparut dans la foule.

Mais on criait déjà : Les gendarmes, ils reviennent, les revoilà !

Ils revenaient en effet, tirant leurs chevaux par la bride. Saint-Germier, en tête. Ils avaient cru trouver asile au château. Le domestique, tout en courbettes, leur avait ouvert la grille et l'écurie et ils avaient commencé à s'installer lorsque le bonhomme était revenu, poursuivi par une fille furieuse, et avait expliqué qu'ils ne devaient pas rester une minute de plus. Non, il ne pouvait pas les garder, d'ailleurs il l'avait oublié, mais il n'avait pas l'autorisation de son maître. Il fallait qu'ils partent. Sa vie en dépendait, il montrait sa manche de chemise déchirée. Partez, par pitié ! A la fin, ils avaient décidé de lever le camp.

Ils durent traverser la foule, supporter les quolibets, quelques « canailles » en français, bien d'autres en patois.

Mélangés ainsi à toute cette foule en sarrau, blouse, sabots, ces hommes de cuir, en bottes et bicornes, semblaient incongrus, lourds, acteurs bouffons d'une mascarade champêtre où ils jouaient le mauvais rôle.

D'un coup d'œil, Saint-Germier avait calculé ses chances. La foule était trop dense. Plusieurs centaines de personnes, avec femmes et enfants, toute une marmaille. Eux n'étaient que douze.

Soudain, tandis qu'il estimait ainsi le rassemblement, il avisa l'arbre de la Liberté. Quelque chose d'insolite y pendait. Il s'approcha, négligeant les regards narquois et les quolibets, aperçut la corde qui se balançait et lut l'écriteau.

Impassible, il nota le tout.

Puis, il rejoignit ses hommes, prit leur tête et, arrivé à la mairie, lança par-dessus son épaule :

– En selle, tous !

Ils repartirent au trot. Le martèlement des sabots les

empêcha d'entendre les cris de joie, les acclamations et les hourras qui saluaient leur départ.

Ils sont partis ! Bon débarras. On les a eus, ceux-là aussi. A bas la maréchaussée. A bas le maire ! A bas l'emprunt forcé !

Si les mots étaient les mêmes, ou presque, le ton avait changé, plus âpre, plus violent. La fête avait été gâchée. Leur fête. Leur fête patronale. On avait violé leur territoire, gâté leur joie. Comme si, dans un repas de famille chaleureux, un malotru qu'on n'avait pas invité s'était imposé et avait ruiné le plaisir.

Cependant, chez lui, volets clos, le citoyen-maire rassemblait en hâte quelques affaires. Jamais il n'aurait pensé. Mon Dieu, la lettre, sa lettre ! Courant d'une pièce à l'autre, il criait, affolé :

– Ma femme, ma femme ! Mais où avez-vous donc caché mon sac de voyage ?

– Que voulez-vous en faire ?

– Je pars. Surtout ne le dites à personne. Si quelqu'un me demandait, répondez que je ne suis pas là.

L'œil soupçonneux, elle le toisa :

– Léonard Joubert, qu'est-ce qu'il vous prend ?

Et comme il ne répondait pas :

– Pourquoi tant de précipitation, il n'y a pas le feu, que je sache !

11

Coignard arrive, en retard, rouge, essoufflé.

Derrière son bureau, le préfet joue nerveusement avec son coupe-papier.

– Poursuivez, lieutenant.

Debout, presque au garde-à-vous, Saint-Germier continue son récit, sans oublier le moindre détail.

Dans la salle, quelques notables ont été convoqués, maire, officiers de la garde nationale, commissaire, adjoints, huissier.

Le préfet est au comble de l'irritation. Toujours ces 45 centimes. Ainsi, il a fait envoyer deux brigades de gendarmerie et, à peine parties, les voilà de retour, tout ça, pour quelques bottelées de foin. Il n'y a que dans pareil pays que de telles choses peuvent arriver. Il sera la risée de tous, à Paris. Jamais les gendarmes n'auraient dû rentrer. Il suffisait d'enfoncer quelques portes de grange, se faire craindre, imposer la loi. Mais non, ils sont revenus au trot à leur point de départ.

Sous le regard furibond du préfet, Saint-Germier se croit obligé d'insister sur la densité de la foule, les menaces, la tension, les insultes. De la kermesse bon enfant, il fait un début d'émeute. Ils nous traitaient de canailles, ajoute-t-il.

Le préfet esquisse un haussement d'épaules et joue toujours avec son coupe-papier. Il jette un coup d'œil sur le cénacle autour de lui : personne ne bronche. Il note tout de même un ou deux sourires amusés, vite réprimés.

– Et c'est tout ?

La voix est ironique et glacée.

– Non, citoyen préfet, ce n'est pas tout.

Et comme s'il avait gardé l'incident pour la bonne bouche :

– J'ai pu constater que les paysans, le temps que nous étions absents, avaient accroché quelque chose…

– Quoi, quelle chose ?

– Un écriteau, je crois même, à y réfléchir, qu'il y en avait deux.

– Et dessus ?

– C'était très mal écrit, au charbon, je dirais : « Celui qui payera l'impôt forcé, voilà sa potence. »

Le préfet a comme un haut-le-corps. Il ne joue plus avec son coupe-papier. Il a relevé la tête, a-t-il aperçu un éclat amusé passer dans certains regards ?

– Mais c'est très grave ! Vous rendez-vous compte ? Menace de mort, crime contre l'Etat.

Il ne dissimule plus son courroux, et en même temps, on sent une sorte d'exultation dans sa voix.

– Et où cela ? Répondez : où ont-ils accroché cela ?

– Sur leur peuplier, sur l'arbre de la Liberté.

Le préfet a blêmi. L'arbre de la Liberté ! Ainsi, ils ont osé. L'arbre de la République.

– Et où sont ces écriteaux, lieutenant ?

Saint-Germier reste calme sous la question qui ressemble plus à une menace qu'à une interrogation.

– Ils sont demeurés là-bas, sur l'arbre.

– Sur l'arbre ! Sur l'arbre où ces mots souillent notre

République. Vous les avez laissés sur l'arbre de la Liberté. Vous vous rendez compte de ce que vous avez fait ?

Le lieutenant reste de marbre.

Le préfet s'est levé, fait quelques pas, se retourne vers les notables rassemblés qui ne disent mot, puis tout à coup revient sur Saint-Germier, et d'une voix furieuse :

– Les meneurs ?

– Comment ?

– Le nom des meneurs !

Saint-Germier n'est pas policier. Cependant, le gendarme Simon qui connaît quelqu'un à Ajain…

– Au fait !

Alors, dans le silence tombent deux noms.

– Coignard, notez.

La plume grince sur le papier.

– Auvert et Bourliou, c'est bien ça, Bourliou ?

– C'est ce que j'ai cru entendre, dit le lieutenant, et il prend congé.

Le préfet a conduit son monde vers la porte. Mais il arrête au passage le commandant de la garde nationale.

– Capitaine, hâtez-vous de distribuer les nouveaux fusils, je compte sur vous.

Coudert-Lavillatte s'est incliné.

Tous s'étaient groupés et allaient prendre respectueusement congé, lorsque le préfet soudain leur lança :

– Enfin, à la campagne, c'est le printemps, les travaux champêtres, le grand air, qu'est-ce qui leur prend à tous ces gens-là, qu'est-ce qu'ils veulent ?

Un silence lui répondit.

12

Laissant Coignard dans son bureau, le préfet était monté dans ses appartements.

Il voulait rester seul un moment, réfléchir.

Mais du bout du couloir, Mme Bureau-Desétiveaux accourait. Il fit la grimace. Elle allait sûrement l'accabler de questions.

Elle l'accabla. Elle avait vu les personnalités sortir, elle avait entendu dire… Que se passait-il ? Elle voulait savoir. Il lui fallut expliquer. Des troubles. Des paysans. Ne pas s'inquiéter. L'affaire serait vite liquidée.

Elle eut une moue dépitée :

– Mais que veulent-ils donc, ces gens-là ?

Il la toisa des pieds à la tête.

– Cessez vos questions stupides, ma chère, ne vous faites pas plus sotte que vous n'êtes.

Elle resta piquée sur place, suffoquée. Elle lui aurait fait pitié, si elle l'avait moins agacé. Soudain elle lui parut étriquée, maigrichonne et ridicule dans sa robe de mousseline blanche. Une poupée de chiffons. Cependant, il vit qu'il l'avait blessée et sentit quelque remords. Alors il tenta de se reprendre par des mots, la loi, la République. Il devait sévir, montrer l'exemple. Son premier poste. Une tâche difficile. Ces paysans avaient bafoué la loi. Des rebelles.

Elle se rebiffa. Justement parce qu'il avait été un rebelle et parce qu'il avait bafoué la loi, avant février, elle l'avait aimé, qu'il se souvienne. Il tenta d'expliquer que la loi d'alors n'était pas la même, mais celle de l'ancien régime, celui de l'infâme Louis-Philippe.

Il lui parlait comme à une enfant bornée qui ne comprendrait jamais rien.

Elle mentionna les affiches qu'il avait fait apposer en ville, interdisant aux gens de s'attrouper…

– Tout dépend de ceux qui s'attroupent, la coupa-t-il. Vous avez eu vos idées, autrefois, mais à présent, taisez-vous, pour l'amour du ciel, j'ai autre chose à faire que d'écouter une écervelée de votre espèce.

Elle fit oh !, mit la main devant sa bouche et s'enfuit en pleurant.

C'était leur première scène.

Furieux, il rejoignit son bureau :

– Alors, Coignard, vous dormez, ma parole !

Il tapa sur la table.

– Allez, dépêchons. Faites expédier une lettre au procureur de la République. De toute urgence. Vous lui joindrez le rapport de la gendarmerie. Arrangez-moi ça…

Coignard avait trempé sa plume dans l'encrier. On l'entendit grincer sur le papier. *13 juin 1848*, murmura-t-il. *Citoyen procureur…*

Le préfet s'était mis à arpenter la pièce, les mains derrière le dos.

– Où en êtes-vous ?

Coignard relut.

– Ecrivez : *Je vous invite à vous livrer à une enquête sévère sur ces faits qui constituent une violation flagrante de la loi, et qui tendent à se renouveler fréquemment...* Il s'approcha sans bruit derrière le dos du secrétaire, regarda par-dessus son épaule, tel un instituteur qui guette la faute. *...s'ils ne sont pas énergiquement réprimés.*

Coignard reprit de l'encre.

– *Réprimés. Les principaux auteurs de ces désordres ont été nominativement désignés dans le rapport...* Vous avez bien ajouté les noms ? Comment déjà, Bourliou et Auvert, c'est bien ça ?

Coignard opina. Auvert et Bourliou. Il avait noté.

– Où en étais-je ? Ah *...le rapport ci-joint, et c'est contre eux que devront être dirigées les premières poursuites...*

A cet endroit, Coignard dut s'arrêter, sa plume s'était encrassée, il l'essuya avec soin sur un papier, écrivit, puis releva la tête.

– Je vous laisse le soin de terminer. Conseillez-lui de procéder à l'arrestation des deux meneurs. Mettez-le en garde contre le maire du lieu qui est un imbécile, mais vous tournerez cela autrement, bien sûr. Ah, pour la fin, mettez que je tiens à la plus grande sévérité pour toute entrave aux lois et dites aussi qu'il faut faire un exemple, vous m'entendez, Coignard, un exemple qui ramène les populations à l'obéissance, qui ramène les populations à la soumission.

Le préfet jeta un coup d'œil par la fenêtre. Il soupira. Il s'était battu pour le Peuple. Il n'allait pas se laisser importuner par des populations. Des Bourliou. Il huma l'air et se retourna.

La plume courait sur le papier. *La soumission,* répéta Coignard entre ses dents.

– Et vous terminez comme d'habitude : *Salut et fraternité.* Puis à la ligne : *le Préfet de la République* et cetera. N'oubliez pas la majuscule à Préfet.

Il n'était officiellement préfet que depuis quelques jours : il tenait à la majuscule.

Penché sur sa feuille, Coignard s'appliquait. Puis il se redressa. Le préfet lui prit les deux pages et relut.

Il signa, accrochant une boucle entortillée à la queue de son nom, tendit la feuille.

– Ah, vous ajouterez un post-scriptum. Très important. *J'apprends que l'écriteau et la corde sont encore attachés à l'arbre de la Liberté, et qu'ils frappent ainsi les regards de tous les passants.*

La plume grinça de nouveau.

– Voilà, dit le secrétaire. C'est fait.

– Ah ah, cette fois-ci, nous les tenons, Coignard !

– Sans doute, citoyen préfet, sans doute.

Alors, après avoir dépêché lettre et secrétaire, le préfet Bureau-Desétiveaux se retrouva enfin seul. Il se planta devant la glace et, rejetant fièrement ses cheveux en arrière, il murmura :

– C'est moi, le représentant de la loi.

Et se regarda dans les yeux :

– Je suis la Loi.

13

– Où cours-tu si vite ? s'écria Honorine. Ce n'est pourtant pas ton tour de garde, aujourd'hui.

Non, ce n'était pas son tour de garde, en effet. Mais une convocation l'appelait de toute urgence pour participer à une distribution de fusils.

Les fusils nouveaux étaient arrivés.

A peine eut-il achevé que Michel vit le visage d'Honorine se troubler.

Il la rassura : une simple vérification, ne lui en avait-il pas déjà parlé, une mise à jour, une manœuvre, sans doute, était projetée, voilà, une simple manœuvre. La routine.

Mais elle fronçait le sourcil. Non, jamais auparavant on n'avait parlé de manœuvre. Une manœuvre, pour quoi faire ? Serait-ce une menace de guerre ? Tout de suite, elle pensa à la guerre.

Il se moqua d'elle, gentiment. Elle avait toujours peur de quelque chose. Ah, c'était bien ça, les gens de la campagne. La foudre, la grêle, les rats, le renard, le loup, la guerre. Il lui raconterait tout, au retour.

La compagnie se retrouva donc au complet ou presque. Les officiers qui venaient d'être élus, selon le nouvel usage (c'était d'ailleurs les mêmes qu'auparavant), les accueillirent et Joachim Coudert-Lavillatte, leur capitaine, nommé commandant par intérim, fit un petit discours.

Il commença par un : « Gardes nationaux, en exécution de la loi » qui sonna comme un coup de clairon, et puis il déclara qu'ils devraient lui obéir en tout ce qu'il ordonnerait, développa son propos sur l'obéissance aux lois, l'ordre et la paix publique. On battit un ban et chacun pensa en son for intérieur que tout cela était bien pompeux, ma foi, quand enfin on entendit qu'il allait donc être procédé à la distribution des nouveaux fusils, que chacun se présentât à l'appel, pour en prendre possession et signer ensuite sur le registre.

Léonard Perdrix, capitaine de la deuxième compagnie, crut bon de préciser que ces fusils étaient, sauf cas exceptionnel, seulement prêtés et qu'il faudrait en prendre grand soin et les rendre, le moment venu.

Le lieutenant Antoine Loreille de la première compagnie qui possédait quelque expérience sur le sujet enchaîna aussitôt et prévint : qu'ils n'essaient pas de refiler en échange une vieille pétoire descendue du grenier.

Il y eut quelques protestations outragées. Coudert-Lavillatte sourit dans sa moustache et on distribua les armes.

A l'appel de son nom, le bénéficiaire s'avançait et allait signer sur le registre. Quand un garde, maçon, tailleur de pierre ou colon, ne savait pas écrire, quelqu'un signait pour lui.

Maintenant qu'il possédait un fusil neuf, Auguste Babiche, le perruquier de la rue de la Mairie, plutôt taciturne d'habitude, ne se sentait plus de joie. Il le faisait sauter d'une main dans l'autre, visait un point au plafond et criait poum, poum !

Il n'y en eut pas pour tout le monde, ce qui créa quelque confusion.

Certains reçurent aussi des broutilles. Nezblanc, le tambour, hérita d'un collier de caisse et d'une bretelle. Le sergent-major Chebroux reçut une veste, un pantalon et un bonnet de police de sapeur-pompier.

Michel Laforest n'avait pas été appelé et regardait autour de lui, étonné. Il pensait qu'on l'avait oublié quand, soudain, il entendit résonner son nom avec quelque emphase. Les autres avaient relevé la tête. Voilà. On lui octroyait un fusil particulier. Michel écarquilla les yeux. Le fusil numéro 169. Pour du fusil, c'était du fusil. Le capitaine le brandit avec fierté. Il y eut quelques murmures flatteurs. En plus, on lui déclara qu'il pourrait le garder, le fusil était à lui. Il lui faudrait remercier M. Lasnier-Lachèze, de la préfecture, qui le lui transmettait avec grand plaisir de la part d'un généreux donateur. Michel avait rougi jusqu'aux oreilles.

Cependant les officiers parlaient entre eux à voix basse. On sentait qu'il se tramait quelque chose. Puis, ils constatèrent les absences.

Ceux qui avaient porté les convocations durent répondre et témoigner. Pourquoi le clairon Dupuy, les gardes Blandin, Jarrigeon, Hurbe et autres étaient-ils absents ? Ils étaient au travail. Leurs femmes avaient dit que…

A la fin, il fallut bien aborder le cas Barnicot, la forte tête. Coudert-Lavillatte soupira :

– Naturellement, il n'était pas là ?

– Si, si, mon capitaine, il était chez lui…

Le messager prit un air gêné.

– Eh bien, parlez !

– Il m'a mal reçu, mon capitaine. Il s'est exprimé en termes malhonnêtes que je n'ose vous répéter.

– Osez.

– Il m'a crié : Tu diras au capitaine que je l'emm…

Coudert-Lavillatte se frotta le menton et, devant son silence, les autres n'osèrent pas manifester leur réprobation.

Finalement, le commandant provisoire promena un regard circulaire sur les assistants pourvus de leurs nouvelles armes et déclara :

– A partir de maintenant, gardes nationaux, considérez-vous comme mobilisés.

Une fois dans la rue, ils se regardèrent, interloqués.

Mobilisés, contre qui, contre quoi ?

14

François Barnicot était le type même du réfractaire ombrageux. Agité, nerveux, il ne décolérait pas. C'était dans sa nature. Comme si des générations d'ancêtres bilieux auxquels on avait causé des torts épouvantables lui avaient passé dans le sang leur hargne et leur dépit.

Toujours agacé, en perpétuel tourment, querelleur, le front plissé, la bouche amère, une humeur noire, une animosité fiévreuse l'habitaient.

Menuisier de son état, il savait déceler les différents défauts du bois. De même découvrait-il chez ses semblables – sa famille mise à part – leur mauvais côté, repérant le nœud, le gauchissement, la veine mauvaise.

En lui couvait un feu. Quand il s'enflammait contre la société tout entière, il brûlait.

En ce cas, que faire sinon aller se rafraîchir au cabaret ?

Là, devant un verre, il discourait, critiquait, remettait le monde sur ses pieds. Et si quelque naïf venait à le contredire, ou qu'un étranger de passage eût l'audace de lui jeter un regard de travers, il se levait, courroucé, et le poing dressé, le prenait à partie. A deux mains, on le faisait se rasseoir et boire un coup pour se remettre.

Calmé, il poursuivait son discours : penser qu'on l'avait

obligé à s'enrôler dans la garde nationale. Lui, Barnicot, qui avait l'uniforme en horreur. Obligé ! Beau régime de liberté, ma foi ! Il en grinçait des dents. Et leur Société démocratique, cette foutaise, vous avez lu leur déclaration dans *L'Echo* ? Tous égaux, tous frères, ah ces notaires, ces hommes de loi et compagnie, et Michelat, le bijoutier, tiens, vas-y, toi, lui demander sa chaîne de montre en or, tous égaux, tu verras. Et la Société des travailleurs, quelle affaire. J'en fais partie, je sais de quoi je cause. Mais je n'y resterai pas longtemps avec ce Pastoureau, un vrai dandy qui joue à l'ouvrier, faux-jeton, c'est cul et chemise le préfet et lui. Ils nous ont parqués là-dedans comme des moutons. Un vrai piège, moi, je dis.

Il s'étranglait de dépit. Pour se consoler, il buvait chopine sur chopine Allez, encore une. A la deuxième, il vilipendait la maréchaussée. A la troisième, moquait les curés. A la quatrième, se jetait sur le nouveau maire. A la cinquième, il exécutait le préfet. A la sixième, insultait ce gouvernement de pourris et de banqueroutiers et la République qui était tout à refaire.

Quand, coude levé, il avalait enfin la dernière goutte, au moment où, l'œil trouble, il ne voyait plus très clair, alors, à cet instant même, il serrait entre ses dents le verre vide et, devant un public de fidèles qui retenaient leur souffle, il l'écrasait, puis grimaçant, tête inclinée, les yeux mi-clos, il le broyait et, dans sa bouche, le verre crissait à en donner des frissons dans le dos. Lorsqu'il avait tout mangé, on l'acclamait.

A ce moment de pleine gloire, sa femme venait le chercher, réglait l'addition et le traînait d'une poigne vigoureuse jusqu'à la maison.

Pour l'instant, seul dans son atelier, au fond d'une petite cour parfumée de glycines, Barnicot poussait sa varlope à deux mains rageuses.

Il avait donné sa consigne : Portes fermées, je ne suis pas là, ma femme, tu ne laisses plus entrer personne.

Des toiles d'araignées pendaient au plafond, épaisses et noires comme des crêpes de deuil. Dans un rayon de soleil qui traversait la pièce à l'oblique, tourbillonnaient des nuées infinies de grains de poudre dorée, avec parfois un point rouge ou bleu étincelant.

Barnicot réfléchissait. Cette histoire de fusils ne lui plaisait guère. Son frère n'était-il pas cantonnier à Ajain ? Par lui, il avait appris ce qui s'était passé. L'impôt, Boudot et les gendarmes. Au bout d'un certain temps, il arrêta son geste et resta le nez en l'air, sourcils froncés et front plissé. A la fin de sa méditation, il arriva à la conclusion qu'il y avait un lien entre les nouveaux fusils et Ajain.

Du coup il se rappela que, le matin même, il avait aperçu Pauly, l'aubergiste, au café Chaumanet, en grande discussion avec Betoulle l'imprimeur et l'ébéniste Ninard. Martial Betoulle n'était pas seulement imprimeur, il était aussi commandant des sapeurs-pompiers de la garde nationale. Or, Barnicot s'en souvenait à présent, il avait entendu Betoulle dire à Pauly : « Nous, nous ne marcherons pas contre vous. » A la sortie, il avait rattrapé Ninard. « On causait, c'est tout ! » avait répliqué l'autre en se dégageant.

Barnicot grommelle entre ses dents : Crénom, je n'en veux pas de leur fusil !

Et, levant le poing vers son carreau :

Il ferait beau voir qu'ils veuillent me faire tirer sur mon frère, les bandits !

15

En grand secret, le préfet fit avertir le commissaire de police. Il était nécessaire d'infiltrer de toute urgence les milieux paysans.

Qu'à cela ne tienne, le citoyen Blanpin avait tout ce qu'il fallait sous la main. Il accourut aussitôt.

– Vous m'amenez vos hommes ? demanda le préfet.

Le commissaire prit un air de mystère et opina.

– Combien sont-ils ?

– Deux.

– C'est trop ! s'exclama le préfet, ébahi.

Le commissaire Blanpin, qui n'avait aucun sens de l'ironie, s'empressa d'ajouter que l'un des deux s'étant porté pâle, il n'en restait plus qu'un de disponible. Il était même là, dans l'antichambre.

– Faites-le entrer, dit le préfet en soupirant.

On vit alors s'avancer, d'un pas hésitant, un être hirsute, le front bas et la mine cauteleuse qui s'arrêta, les bras ballants, et se mit à remuer la tête de gauche à droite, regardant tour à tour le commissaire et le préfet.

Cependant, index levé, Blanpin lui faisait la leçon :

– Il faudra suivre les paysans pas à pas, tu m'entends. Les suivre dans les cabarets, écouter tout ce qu'ils diront, écouter, mais pas boire, toi, non, non, tu fais semblant... Il faut que tu trouves tous les meneurs. Les repérer et nous tenir au courant. Tu as bien compris ?

L'autre renifla.

– Et maintenant, va vite. Nous comptons sur toi.

Alors l'homme sourit au préfet d'un air entendu et, avant de sortir à reculons, il cligna de l'œil, l'air de dire : Nous travaillons ensemble, vous et moi, pas vrai ?

Le préfet en eut un sursaut de dégoût.

– Il sent la mouche à plein nez, votre émissaire !

– Ne vous inquiétez pas, citoyen préfet, il n'a pas l'air comme ça, mais vous en serez content, vous verrez. Il va sauter sur le marchepied de la diligence et hop, dès ce soir, il est à Ajain, avec sa hache.

– Sa hache ?

– Oui, il a eu cette idée, de se faire passer pour bûcheron.

Et sur ces mots, le commissaire prit congé.

Mais le préfet appelait déjà son secrétaire :

– Coignard, vous avez prévenu Saint-Germier ?

Oui, les gendarmes étaient prêts. On avait même renforcé les effectifs. Ils partiraient cette nuit même, vers trois heures du matin, pour être à Ajain dès le lever du soleil et arrêter les deux meneurs.

– Ah, on va les mater, ces paysans, ces Marchois, rien qu'à la vue des gendarmes, ils vont se calmer et rentrer dans le rang.

– Pour sûr, renchérit Coignard.

– Et que disent, ce soir, les patrouilles de la garde ?

Tout allait bien. Rien à signaler. La ville était calme.

Le préfet alla vers la fenêtre.

– Belle soirée de juin, hein, Coignard ?

– Oui, belle soirée, citoyen préfet.

On était le 14 juin.

16

Ils s'avançaient dans la nuit.

Après avoir quitté la ville, dépassé les dernières maisons, celle de la Grave et l'auberge Belon, ils avaient dévalé au petit trot la côte de Bellevue. Puis après la brande de Charsat, ils s'étaient remis au pas. La route descendait et filait toute droite, à la romaine, vers la ligne de montagnes dont on distinguait à peine la masse plus sombre, tout au loin. Le ciel était rempli d'étoiles.

En tête, plongé dans ses pensées, se tenait le lieutenant Saint-Germier, responsable du détachement.

Dans le silence de la campagne, résonnait le martèlement régulier du pas des chevaux. Après avoir laissé les quelques fermes du hameau de la Ribière, ils reprirent le trot.

La route descendait toujours. Il devait être trois heures et demie du matin. Soudain, Saint-Germier leva la main. Tous s'arrêtèrent.

Alors ils entendirent le bruit de la rivière. Elle coulait en bas, tout près.

Quand ils arrivèrent au Pont-à-la-Dauge, ils la virent qui luisait dans l'obscurité et entendirent son clapotis sur les pierres. Une légère brume flottait tandis que montait une odeur d'herbes et de fougères mouillées. L'espace d'une seconde, le gendarme Pialut rêva de pêche et de truites.

– Nous ne sommes plus très loin, dit Saint-Germier à voix basse, comme si quelqu'un, tapi derrière un buisson, pouvait l'entendre.

Alors ils se séparèrent en deux détachements de onze hommes chacun. L'un commandé par le brigadier Proust était chargé de Bourliou et se rendrait au village du Breuil. L'autre, dirigé par Saint-Germier, irait à Moulantiers pour se saisir d'Auvert.

De fait, Proust ne savait pas grand-chose sur ce Bourliou, ni prénom, ni signalement, ni domicile sûr. Simplement, on lui avait conseillé de faire attention, car on disait que d'un seul coup de poing, il vous assommait comme un bœuf.

– Bonne chance ! lui avait crié Saint-Germier.

Lui, avec ses hommes, devait pour se rendre à Moulantiers, traverser le bourg d'Ajain dans toute sa longueur. Puis ce serait le deuxième chemin sur la gauche.

Ajain était endormi. Ils traversèrent au pas, évitant de causer trop de bruit. Les chevaux avaient été dressés pour cela, ils sentaient qu'ils devaient passer inaperçus. Pas un seul chien n'aboya. On aurait dit une armée fantôme surgie de terre et qui s'en allait en campagne pour quelque mystérieuse raison.

Dans Ajain, Saint-Germier reconnut les endroits où il y avait eu la fête, la bousculade des paysans endimanchés, les rires, les chants, les moqueries. Mon Dieu, pensa-t-il, comme les lieux changent !

Quand ils passèrent devant l'arbre de la Liberté, Saint-Germier s'arrêta et avec un geste de la main :

– Gendarme Schneider, veuillez délester le peuplier de son attirail.

Mais il n'y avait plus rien. L'arbre nu frissonna, l'air de dire : Trop tard !

Quand ils bifurquèrent vers Moulantiers, le soleil n'était pas encore levé. A nouveau, ils firent halte. Saint-Germier en profita pour adresser à sa troupe un petit discours. La mission ne serait peut-être pas facile, mais ils devaient remplir leur devoir de soldats et de citoyens et faire respecter la loi.

En réponse, ils entendirent le cri d'un hibou, long ululement, comme un appel jeté à travers la nuit, suivi de bruits de gorge en cascade de reproches.

Une mince lueur parcourait l'horizon.

– On y va !

Il devait être environ quatre heures du matin.

La ferme se trouvait au fond d'une cour assez grande, vaste grange et toute petite maison avec une porte et une seule fenêtre aux volets entrouverts. On n'entendait aucun bruit. Le hameau dormait paisiblement.

Ils pénétrèrent dans la cour. Le lieutenant descendit de cheval, un papier à la main, alla droit sur la porte et, levant le poing :

– Au nom de la loi...

il frappa.

– ...ouvrez !

Alors ce fut comme si tout d'un coup le hameau éclatait. Un chien, puis deux, puis trois, puis tous se mirent à aboyer. Des volets claquaient. Des voix aiguës se répondaient. A l'intérieur de la maison, on entendait des appels étouffés. Tout à coup, un chat bondit hors de la fenêtre, tout hérissé, et la porte s'ouvrit.

Surgit une petite femme maigre, en camisole, pieds nus. L'écartant, Saint-Germier entra. Un homme était couché là, il s'était relevé sur le coude. Le lieutenant s'approcha du lit : « C'est bien vous, le nommé Auvert Guillaume ? » et à la lueur d'une bougie il essaya de lui lire le mandat d'arrêt. On entendit les mots force publique, porteur d'icelui, à l'effet de quoi l'avons signé et scellé de notre... Mots étranges, couverts par les cris de la femme, les pleurs des enfants terrorisés.

Alors l'homme se leva, se passa les mains dans les cheveux, sur le visage, puis se redressa et regarda l'officier. Ils étaient tous les deux de la même taille. Mais de cet homme en chemise et pieds nus qui regardait le gendarme sans haine, sans lui faire de reproches, émanait une sorte de dignité simple, d'honnêteté vraie. Et cela était si patent, si visible que ce face-à-face prenait un aspect incongru, déplacé, presque indécent.

Sans qu'ils en eussent conscience, dans cet espace minuscule, dans ce hameau de Moulantiers, se commettait une tragique bévue, s'ouvrait une brisure, un équilibre se rompait.

Quand Auvert apparut sur le seuil de sa maison, les mains enchaînées, s'éleva un concert de hurlements, de cris perçants. Tout le hameau était accouru. Dans l'étable, les vaches meuglaient, dans la cour, les chevaux se mirent à hennir et se cabrer. Les femmes étaient les plus violentes, elles se jetaient sur les gendarmes, sur les chevaux, criant : Canailles, fainéants, n'avez-vous pas de honte, d'être venus si nombreux contre un seul homme !

– Que disent-elles ? demandait le gendarme Schneider, avec son accent alsacien.

– Rien que de normal, répondit Saint-Germier.

– Vous n'aurez pas Auvert, non, vous ne l'aurez pas ! et elles essayaient de le leur arracher, désespérées et farouches.

Pourtant ils l'avaient, et quand ils attachèrent ses chaînes aux arçons des chevaux, Auvert frémit, mais releva la tête.

En patois, il dit à tous de se calmer, à sa femme d'être courageuse et de se taire.

– Cet homme, mon lieutenant, quel aplomb, dit Pialut.

Saint-Germier ne répondit pas.

Il fallait rejoindre au plus tôt l'autre détachement, celui de Proust qui devait amener Bourliou enchaîné.

C'est ainsi qu'ils repartirent à Ajain, avec toute une foule qui les suivait.

17

Il n'y eut pas de Bourliou enchaîné. Le brigadier Proust revenait bredouille, accompagné par une partie de la population du Breuil, criant son indignation. Les renseignements s'étaient révélés erronés. D'abord, le nom n'était point Bourliou, mais Bourliot. Ensuite, au Breuil, il n'existait pas moins de six Bourliot ! Finalement, ils avaient su que le leur était un Bourliot Sylvain, de Loubier.

Depuis le temps, il avait dû décamper, mais le devoir est le devoir. Les gendarmes montèrent à Loubier.

Averti en effet, tout le village les attendait de pied ferme. Ils étaient à peine entrés que les injures se mirent à pleuvoir. Ils réussirent à s'approcher de la ferme Bourliot. Nul besoin de frapper à la porte. Sur le seuil, se tenait une femme en tablier et sabots, les mains sur les hanches, l'air furibond. Elle hurla :

– Il est parti ! Parti ! Vous ne l'aurez pas ! Vous ne l'aurez jamais !

Les insultes fusaient : Tas de bandits, fainéants, canailles !

Certains avaient pris des pierres, d'autres des bâtons ou des fourches. Leurs visages étaient terribles, la bouche tordue de colère.

Proust fit aussitôt tourner bride à sa troupe. Quelques pierres volèrent.

Ils entendirent derrière eux quelqu'un qui criait : « Tous à Ajain ! »

Au bourg, la foule qui grossissait sans cesse était au paroxysme de la fureur. Saint-Germier ne reconnaissait plus les paysans débonnaires et endimanchés de la fête patronale. Trois jours plus tôt. Seulement trois jours. Ainsi, en quelques heures, la donne avait changé. Ce n'était même plus de la colère, c'était une véritable émeute.

Les femmes de Loubier criaient à celles de Moulantiers : Comment avez-vous pu laisser prendre le vôtre, alors que le nôtre est sauvé ? et toutes s'exclamaient : Il faut le délivrer, Auvert, il faut le reprendre et elles disaient aux hommes : Serez-vous assez lâches pour le laisser emmener ? Il est l'un des nôtres, il est à nous, il faut le libérer, plutôt se faire tuer que de le laisser aux mains de ces bandits.

Voir un paysan menotté, enchaîné entre deux chevaux, comme un malfrat, entravé comme une bête, ce n'était pas tolérable.

Et Saint-Germier se rendait bien compte qu'ils ne le supporteraient pas. Il donna aussitôt l'ordre du départ. De les voir s'ébranler, emmenant Auvert, la foule se déchaîna de plus belle.

– Assassins, voyous, brigands !

Quelqu'un cria :

– Nous n'avons pas fait de mal, à bas la République qui vous envoie contre nous !

– Que disent-ils donc ? répétait Schneider.

Personne ne lui répondait, les gendarmes étaient cette fois débordés. La foule était si grosse qu'ils ne pouvaient passer.

Saint-Germier estima les forces. Combien étaient-ils,

trois, quatre cents ? Comme en un véritable plan de bataille, il organisa la retraite, plaçant une rangée de gendarmes à l'arrière et sur les côtés pour faire volte-face et contenir la foule, puis repartir, puis à nouveau faire volte-face, tandis qu'avançaient ceux qui gardaient le prisonnier. Bientôt il décida pour aller plus vite de le détacher des arçons et de l'installer à califourchon derrière un de ses hommes.

– Du sang-froid, ordonna-t-il, laissez-vous lapider, mais gardez votre calme.

Puis il cria :

– Au galop !

Devant eux, la route était enfin libre jusqu'à la ville.

C'est du moins ce qu'ils croyaient.

18

Au début, quelques paysans avaient bien tenté de les suivre, mais ils avaient vite abandonné. Les gendarmes ralentirent donc l'allure.

– A quoi penses-tu, Simon ?

– Ces femmes, toutes bec et ongles, j'ai cru qu'elles nous arracheraient les yeux.

– Je me demande si nos épouses nous défendraient autant. Peut-être qu'en ville, les bonnes traditions se perdent.

Là-dessus, ils se turent, méditatifs.

Ils arrivaient au Pont-à-la-Dauge.

– Canailles ! Bandits ! Assassins !

Venait de surgir devant eux un groupe d'hommes qui avaient pris par des traverses et les attendaient, des pierres et des bâtons dans les mains.

En hurlant, ils foncèrent sur eux avec une fougue incroyable. La surprise fut totale et les chevaux effrayés se cabrèrent.

– Pied à terre ! Arrêtez-les, qu'on les cerne ! commanda Saint-Germier.

Il venait de se rendre compte qu'ils n'étaient qu'une poignée. Quelques hommes, haletants, avec leurs hurlements, leurs pierres, leurs bâtons, leur colère, leur folie.

Ils furent bientôt encerclés. Deux réussirent à s'échapper avec une agilité surprenante ; filant par-derrière l'auberge ils disparurent dans la colline. Trois étaient déjà pris. Quant au quatrième, deux gendarmes le serraient de près, leurs mains le touchaient presque, lorsque l'homme fit un bond prodigieux, s'arc-bouta, et Saint-Germier vit, dressé de toute sa taille, debout sur le pont, son corps basculer dans le vide et tomber dans un immense jaillissement d'eau.

Sur le seuil de l'auberge une femme était sortie et les observait, les bras croisés, elle ne disait rien, lèvres serrées, mais ils furent frappés par la dureté de son regard.

Sur le cheval, Auvert n'avait pas bougé.

Ils repartirent, laissèrent sur la droite le hameau de la Ribière, puis Charsat sur la gauche, montèrent la côte de Bellevue, dépassèrent l'auberge Belon et la maison de la Grave et entrèrent dans Guéret.

Le jour était levé. Les gens se réveillaient. Quand ils entendirent le bruit des sabots des chevaux, ils ouvrirent les volets ou se plantèrent sur le pas de leur porte.

Les gendarmes avaient remis les prisonniers sur pied pour entrer dans la ville. Les Guérétois virent alors ces hommes hâlés, enchaînés, certains dans l'échauffourée avaient perdu leurs sabots et marchaient pieds nus.

– Que se passe-t-il ? Qu'est-ce que c'est ? demandait-on de porte à porte.

– C'est Ajain, dit une voix.

– Ajain ?

– Vous savez bien, les 45 centimes. Ils ont arrêté des paysans.

Et bientôt toute la ville sut qu'on avait arrêté des paysans d'Ajain, à cause des 45 centimes.

Cependant les gendarmes conduisaient les quatre hommes au dépôt.

Le gardien Vincent avait été prévenu et tenait son registre ouvert. Son œil brilla et il se frotta les mains. Il n'attendait que deux prisonniers, il lui en arrivait quatre.

Il les toisa et se mit en devoir d'inscrire leurs noms.

– Toi, comment tu t'appelles ? tutoya-t-il.

– Auvert Guillaume.

– Profession ?

Auvert ne répondit pas tout de suite.

– Je te demande ta profession, tu es sourd ou quoi ?

– Cultivateur.

Vincent écrivit : paysan.

– Et tu es d'où ?

– De Moulantiers.

Puis ce fut le tour des trois autres.

– Les noms ?

– Boiron, Jean, de Moulantiers, maçon.

– Barthommier, Jean, de Loubier, maçon.

– Fayard, Jean, de Loubier, maçon.

– Encore ! s'exclamait l'autre. Trois maçons ! Vous vous moquez de moi ?

Et il leur jeta un regard lourd de soupçon.

La maison d'arrêt était infecte, insalubre. Le citoyen Vincent en était fier. C'est encore trop beau pour des clients comme les miens, avait-il coutume de dire quand par hasard passait un inspecteur.

Saint-Germier se rendit chez le préfet pour faire son rapport. On l'attendait.

– Alors ces meneurs, vous les tenez ?

Saint-Germier voulait donner des détails, mais le préfet avait hâte de savoir l'essentiel :

– Vous les avez, oui ou non ?

On avait arrêté le sieur Auvert et pris en cours de route

trois maçons qui insultaient les gendarmes et leur jetaient des pierres.

– Ah ! Mais l'autre, ce Bourliou, l'avez-vous pris ?

– Ce Bourliou s'appelle en fait Bourliot…

– Je me moque de son nom, répondez, l'avez-vous arrêté ?

– Non, citoyen préfet, nous n'avons pas pu le prendre. Il n'était plus chez lui.

– Ainsi, vous l'avez laissé filer. Il nous échappe… Bravo ! Décidément, lieutenant, on ne peut pas dire que vous ayez la main heureuse.

Saint-Germier resta impassible.

Il rentra à la caserne. Le préfet ne lui avait pas demandé la réaction des paysans dans les villages. Il entendait encore les cris de canailles, bandits, fainéants et il revoyait le grand jaillissement d'eau quand le corps s'était comme envolé pour tomber dans la rivière.

Il alla voir ses hommes et simplement leur dit :

– Tenez-vous prêts.

Il savait que la journée ne faisait que commencer.

19

Dans un grand jaillissement d'eau, il s'était jeté à la rivière.

Caché sous le pont, il avait entendu les voix, les ordres, le bruit des sabots au-dessus de sa tête. Puis celui d'une galopade qui peu à peu s'éloignait. Les gendarmes étaient partis.

Il se releva et, ruisselant, se hissa sur la berge.

Déjà, les aubergistes se précipitaient en criant : C'est Alexis Rothonnet, le boulanger ! Puis, à la course, arrivèrent par les traverses des gens du bourg, sa femme en tête.

Dès qu'elle le vit, elle se jeta sur lui en pleurant, disant : Merci mon Dieu, ils ne t'ont pas eu ! et elle l'entraîna, encore tout étourdi, chez Mazaud, au cabaret du Pont. On lui prêta un pantalon et une chemise. Elle l'essuyait avec son jupon, répétant : Ils ne t'ont pas eu, ils ne t'ont pas eu !

Ils regagnèrent Ajain en cortège. Le village ressemblait à une fourmilière au milieu de laquelle on a planté un bâton. Les gens couraient en tous sens. Non seulement on avait arrêté Auvert, mais en plus trois maçons. Les noms volaient de bouche en bouche. Ce n'était plus de la colère, c'était de la fureur. Tous n'avaient qu'une seule résolution en tête : les délivrer, et les délivrer tout de suite. Partir à Guéret. On avait employé la force pour arrêter les hommes, par la force, à leur tour, ils les libéreraient.

Pauly courait d'un groupe à l'autre, assurant que les gardes nationaux de la ville ne tireraient pas sur ceux de la campagne, mieux, qu'ils étaient prêts à faire cause commune avec les paysans. Il en était sûr. Qu'on lui fasse confiance. Au café, n'avait-il pas rencontré Betoulle, le commandant des sapeurs-pompiers, et Ninard, l'ébéniste... Promis, juré, chuchotait-il, en clignant de l'œil.

Alors ce ne fut plus qu'un cri : Marchons sur la ville, marchons sur la prison, délivrons nos hommes, nos hommes ou la mort !

– Tu es remis, Rothonnet ? Tu viens ?

– Je fais ma fournée et je vous rejoins.

Mais avant de partir, il fallait se regrouper, alerter ceux qui étaient aux champs, ceux des autres cantons.

Des femmes coururent par les chemins, elles entraient dans des fermes isolées. Allons, viens ! disaient-elles, pas de traînards, pas de récalcitrants. Oserais-tu ne pas venir, froussard, alors que les nôtres sont au cachot ? L'un dut dételer ses vaches, un autre qui labourait pour semer son blé noir, dit : J'irai dès que j'aurai fini. Non, s'exclamèrent les femmes, tu viens tout de suite, et elles lui enlevaient le tapou de sa charrue.

Au bourg, on discutait sur les moyens d'alerter tout le monde. Il fallait faire vite. On proposa le tambour, la cloche, courir aux autres villages, à Pionnat, Ladapeyre, Jarnages. Alerter les sections des Sociétés démocratiques, on pensa au maire, qu'il signe un papier pour appeler à l'aide.

Un groupe se précipita chez Joubert. Le Prussien, en tête, sa serpe manchée à la main. Ah ! criait-il, s'il ne veut pas, je lui casse sa pendule et on lui brûle ses meubles.

Mais, comme on le sait, le maire était absent.

Alors il n'y eut qu'un cri :

– Chez Boudot !

Et ils coururent chez Boudot.

Le Prussien était déchaîné :

– Il faut que je le tue, ce bougre-là, ah si je ne le tue pas, que le diable me brûle !

– A bas Boudot, plus d'impôt ! criaient les autres.

Le percepteur, qui avait fini son tour de jardin et était rentré bien tranquillement, entendit gronder une rumeur. Elle se rapprochait. Elle arrivait sur sa maison comme une vague déferlante. La porte fut secouée en même temps que des pierres faisaient voler ses carreaux en éclats. Boudot ouvrit. De ceux qui entrèrent, il ne reconnut que quelques-uns, Bord l'aubergiste, dont les yeux gris avaient pris une couleur d'orage, Pauly, rouge à éclater, le Prussien, bien sûr, effrayant comme à l'ordinaire. Tous semblaient transformés par la colère. Sur le coup, il fut saisi d'une peur telle qu'il en demeura figé, blême, comme halluciné. De le voir ainsi, tout le monde resta décontenancé et se calma. On ne savait plus très bien pourquoi on était venu. Enfin Pauly reprit ses esprits et déclara qu'il leur fallait un papier pour appeler à l'aide. Le maire étant absent, ils avaient pensé…

Le percepteur prit sa plume et Pauly dicta :

– *Les habitants d'Ajain me chargent de vous prier de réunir la garde nationale…*

– Ainsi que tous les habitants, ajouta Bord.

– *Ainsi que tous les habitants*, répéta Boudot.

– *Pour prêter secours à leurs frères.*

A la fin, il écrivit, par habitude : *J'ai l'honneur de vous saluer*, ajouta : *Salut et fraternité*, et signa.

Le Prussien lui arracha la feuille et fit semblant de la relire.

Et à la course, ils repartirent.

Mme Boudot, pâle comme un linge, descendait l'escalier, marche après marche, la main cramponnée à la rampe. Quand elle vit son mari, elle s'exclama :

– Ça, par exemple, ils ne vous ont donc rien fait ?

Il ne put répondre, tout son corps était pris d'un tremblement nerveux.

A ce moment elle aperçut ses fenêtres :

– Hélas ! mes carreaux ! dans quel état ils ont mis mes carreaux !

20

A la course, ils étaient repartis.

– Un cheval ! criaient les uns. Où trouver un cheval ?

Il fallait au plus vite faire parvenir le message à la Société démocratique de Pionnat.

M. Boiron, le marchand de vin, prêta son cheval. A condition que son domestique le montât.

– Et surtout, Parenton, ne fais pas l'imbécile, tu ne vas qu'à Pionnat et tu me ramènes mon cheval.

On mit Aguillaume, dit le Dur, en croupe, avec la lettre.

– Le tambour, il nous faut le tambour ! criaient les autres.

Le sacristain Pardoux Brunet était responsable du tambour et avait la clef de la remise. Quand le Prussien débarqua chez lui avec les autres pour l'exiger, il le prit mal et refusa tout net.

– Allons, Brunet, prête-nous-le, ton tambour !

– Le tambour, s'il ne le donne pas, je lui coupe la tête ! cria le Prussien en agitant sa serpe.

Pardoux Brunet le toisa avec dédain et transigea :

– Je ne te le donnerai pas à toi, vaurien, mais je veux bien le prêter à Bouchard.

Bouchard battit donc la caisse par tout le bourg. La population était invitée à se rassembler pour partir à Guéret.

Au même instant, d'autres avaient couru à l'église.

Le curé leva les bras au ciel.

– Impossible ! Ma cloche, vous ne l'aurez jamais ! Je vous l'interdis. D'ailleurs l'église est fermée.

Il se planta sur ses deux jambes et retroussa ses manches.

Même le Prussien hésita.

Alors ils coururent à nouveau chez le sacristain. Impossible, répéta-t-il. La cloche est dans le clocher. Le clocher est sur l'église. L'église est au curé.

Mais c'était aussi leur église, leur clocher, leur cloche.

Seulement, cette fois, Brunet père ne voulut rien entendre, ni Brunet fils qui était accouru le défendre. Ils dirent même qu'il faudrait leur passer sur le corps avant qu'ils laissent leur cloche aller à tout venant.

Louis Naudy, qui n'aimait pas les gens d'église en général et Pardoux Brunet en particulier, se rebiffa :

– Tapez sur cette tête de mule qui coûte si cher à la commune !

Mais personne n'osa taper.

Ainsi, quatre hommes étaient emprisonnés, la campagne était plongée dans le malheur et cet entêté ne voulait même pas prêter sa cloche.

L'exaspération était à son comble lorsque, soudain, quelqu'un cria :

– Taisez-vous donc, écoutez !

Au même instant tous relevèrent la tête et, en effet, on sentit passer dans l'air comme un frémissement, une vibration, enfin un tintement net, décidé.

– La cloche, mais c'est la cloche ! et ils coururent vers l'église.

La cloche sonnait à présent à coups précipités, haletants : le tocsin, c'était le tocsin.

Quelqu'un cria au miracle. Le bon Dieu, plus miséricordieux que tous les curés et sacristains de cette terre, était intervenu. On entendit : Merci, Seigneur Jésus !

Dieu avait pris le parti des humbles et des humiliés. A son commandement, la cloche sonnait toute seule.

Le curé en demeura muet de surprise.

Le Prussien avait enlevé son chapeau et restait bouche bée.

Tous se tinrent silencieux, les yeux levés, à écouter la cloche miraculeuse, le son prodigieux.

Cependant, Louis Naudy finit par s'ébrouer, se glissa derrière l'église par les jardins, escalada une fenêtre.

Il revint à la course, tout essoufflé.

21

Le miracle avait un nom.

Il s'appelait Jean Brelingard, de Loubier.

– Ah ! Brelingard, c'est un malin ! dirent-ils tous.

Il avait trouvé moyen de s'infiltrer dans l'église pendant que les autres palabraient.

– Ce n'est que Brelingard, dirent les hommes.

– Brelingard est l'instrument de Dieu, dirent les femmes.

Des deux mains, Jean Brelingard tirait, tirait avec une incroyable énergie, l'œil levé vers le haut du clocher, et par-delà vers l'immensité du ciel.

Il avait vite trouvé la cadence, le rythme lancinant qui allait porter à travers les airs l'appel désespéré.

Il s'était encordé lui-même, soulevé à chaque fois de terre, comme s'il prenait son envol, puis retombant sur ses pieds et à nouveau repartant.

De toute son âme et de tout son corps, bras, jambes et mains, muscles tendus, volonté aiguisée, il tirait.

– Il va casser la cloche, cela est sûr, soupira le curé qui fit un signe de croix.

– Pour sûr qu'il va la casser ! répéta le sacristain Brunet.

Ils étaient tous entrés dans l'église envahie par l'écho bourdonnant.

Et partout sur le bourg et au-delà du bourg vers les campagnes, s'envola le son du tocsin, voix lugubre et pressante, par-delà les bois de Guillard et des Peux, ceux de Prébout et des Fourrières, par les champs et les charrières, vers les hameaux de Grosmont, Neuville, Laborde, Loubier, Puygaillard et Moulantiers, il suivit la route jusqu'à Feuyas et Rameix, à la Valazelle et Bréjassoux, il descendit vers la Creuse, vers la Courcelle et les Betoulles, Cherlavaud, Villechabut et le Pont-à-Libaud et son écho affaibli alla mourir aux abords de Villandry.

Encore et encore, Jean Brelingard tirait la corde, comme si sa vie et celle des siens en dépendaient. La cloche disait : Nous sommes dans la tourmente, la tempête nous accable, nous sommes dans l'épouvante, venez tous à notre secours.

Les fibres de chanvre s'imprimaient dans ses paumes, fibres tressées, les mêmes que celle d'une corde à pendre sur un arbre, un jour de fête.

Il ruisselait de sueur et ses mains lui faisaient mal, mais à peine les sentait-il, et longtemps il continua de sonner et d'envoyer le message.

Dans les champs, ceux qui moissonnaient ou semaient le blé noir, ceux qui cassaient la pierre sur le chemin, ceux qui taillaient l'épine de la haie, s'arrêtaient et levaient la tête disant :

– Le feu ! Il y a le feu !

A l'horizon, cependant, ils n'apercevaient rien, pas la moindre volute de fumée. D'après la direction du vent, c'était Ajain qui appelait.

Alors ils laissaient les foins, le blé noir, la pierre ou l'épine et se mettaient en route.

Mais ils gardaient à la main leur fourche, leur serpe, leur gouyard, leur faux.

A certains qui hésitaient, les autres disaient : C'est sur

Ajain. S'ils sonnent ainsi, l'affaire est grave. Il faut les aider. Et les femmes rencontrées en chemin criaient : Personne ne doit broquer.

Quand on relaya Brelingard, il était tout endolori, les mains en sang.

Toute sa vie, le soir, après le travail, il regarderait les paumes de ses mains et sentirait sur la peau la brûlure causée par le chanvre de la corde et la tourmente de ce 15 juin.

22

A la ville, tout alla très vite.

Dès huit heures du matin, le commissaire Blanpin débarquait haletant dans le bureau du préfet :

– L'émissaire…

– Eh bien ?

– Vous vous en souvenez, citoyen préfet, il me fait savoir que tout Ajain est en ébullition. Ils sonnent en ce moment le tocsin et ils menacent de marcher sur la ville.

– Marcher sur la ville ! s'exclama le préfet, stupéfait.

– Il dit aussi qu'il a vu un grand homme noir porteur d'une lettre d'Aubusson…

Bureau-Desétiveaux haussa les épaules.

– Un grand homme noir, vous imaginez ! Le lieutenant Saint-Germier sort d'ici. Il venait d'Ajain. Rien de tel ne m'a été signalé.

Au même instant, Coignard entra avec un message urgent. Le garde général des Eaux et Forêts, Pastoureau, faisait savoir qu'en ce moment se tenait une réunion très importante de la Société des travailleurs de Guéret. Des ouvriers avaient décidé de manifester devant la maison d'arrêt dans l'intention de libérer les paysans prisonniers.

Le préfet sursauta.

– Comment, des ouvriers ? Qui a organisé cela ?

– Un certain Barnicot, qui se dit commissaire de la Société.

Le préfet prit aussitôt sa décision.

– A la Société des travailleurs, et vite !

La salle était houleuse, mais il y avait peu de monde. Beaucoup d'ouvriers étaient absents qui n'avaient pas voulu perdre leur journée.

Dès que le préfet entra, tous s'arrêtèrent de parler et demeurèrent stupéfaits. Le préfet ! Le président, Pastoureau, s'inclinant avec respect, s'empressa de lui donner aussitôt la parole. Bureau-Desétiveaux attaqua de front. Parla des 45 centimes, cause de tant de remue-ménage. La République avait besoin d'argent, mais les plus pauvres seraient bien sûr dégrevés. Les riches devaient payer. D'ailleurs, ces sommes leur étaient justement destinées à eux, les travailleurs, et il parla longuement du chômage, des ateliers, de la justice sociale. Il opposa les ouvriers qui avaient le sens du progrès et des lumières, à ces hommes de la campagne restés dans les ténèbres, ah ! pauvre population rustique égarée, et il se souvint d'une phrase qu'il avait lue : « C'est la motte de terre qui attend un rayon de soleil pour devenir féconde. » Cela plut. Eh bien, cette population, nous la défendrons contre elle-même. Tenez-vous prêts, camarades, mes frères, et il termina par un vibrant Vive la République. Aussitôt, Pastoureau fut debout et cria vive la République et tous se levèrent aussi et crièrent vive la République. Et Michel qui était dans le fond, se leva et cria avec les autres.

A la sortie, Barnicot était fou de colère.

– Ah, il nous a bien embobinés, avec ses phrases et ses beaux discours. vous n'avez donc pas vu qu'il nous a empêchés de parler. Et toi, Laforest, nigaud, qui te laisses prendre à cette glu, un ouvrier-typographe qui se dit éclairé. Pauvre couillon !

Tandis que Barnicot allait se jeter dans un cabaret pour y noyer son courroux, Michel s'en retourna à l'atelier Dugenest. Il n'aimait pas Barnicot mais, sans trop savoir pourquoi, il se sentait penaud et quelque peu troublé.

23

En toute hâte, le préfet avait regagné son bureau. Il venait de déjouer la manœuvre de la Société des travailleurs. Maintenant, il allait mater la rébellion d'Ajain. Il fit craquer ses doigts. Il ne pensait pas que ces gens-là en viendraient à mettre leur menace à exécution, mais il fallait tout prévoir.

Il fit convoquer de toute urgence le maire, les deux représentants du peuple qui se trouvaient alors en ville, et surtout les autorités militaires, le capitaine Guitry, du dépôt de Remonte, les commandants des compagnies de la garde nationale et des sapeurs-pompiers, le capitaine Blocaille et le lieutenant Saint-Germier, pour la gendarmerie.

Quand tous furent réunis, il attendit que le silence fût total et laissa tomber ces mots :

– Messieurs, la République est en danger !

De sa voix grave, bien posée, il annonça les nouvelles : des paysans, entraînés par de ténébreux agitateurs, s'étaient insurgés contre la loi et menaçaient de marcher sur Guéret, sous prétexte de délivrer les prisonniers amenés le matin même, mais sans aucun doute pour piller et brûler la ville.

Le maire Cusinet poussa un cri étouffé.

Le lieutenant Saint-Germier, impassible, observait l'orateur.

Le préfet conclut de manière dramatique :

– Il faut barrer la route à la réaction et au désordre.

Il écarta les bras.

– Ils ne passeront pas !

Tous crièrent : Vive la République.

– Je demande votre concours pour organiser à l'instant même la défense de la ville.

Il y eut une minute de confusion. Tous s'étaient levés. Coignard dépliait une immense carte d'état-major.

Beaucoup connaissaient les lieux par cœur, mais ils s'approchèrent respectueusement de la carte. Le préfet montrait du doigt les points stratégiques. On entendit :

– Voici la sortie de la ville, ou l'entrée, si l'on se place du point de vue de l'assaillant. C'est ici qu'il faut barrer le passage aux rebelles, à ce carrefour, là, des routes de Moulins et d'Aubusson, et ne pas oublier ce chemin, mais où va-t-il ? C'est le chemin de la Rode, citoyen préfet, il permet de rejoindre la route de Paris. Disons donc, la Rode. Aussi envisager que l'adversaire peut effectuer, par ruse, un mouvement tournant, voyez par Glénic, et nous prendre à revers. Il faudra mettre des gardes sur la route de la Châtre.

Saint-Germier se tenait à distance. Le préfet, agacé, lui demanda : Par où croyez-vous que viendront les gens d'Ajain, lieutenant ?

– Par la route d'Ajain, citoyen préfet.

– C'est ce que nous pensons. Allons, messieurs les officiers, votre avis à présent, quelles formations occuperont le premier rang ?

Un lourd silence tomba.

– Vous, Saint-Germier, qui revenez de là-bas, vous avez bien une idée ?

Le lieutenant proposa ses hommes. A Ajain, ils venaient d'essuyer les insultes, on leur avait jeté des pierres, et cependant ils n'avaient pas bronché.

– Mais alors ils seront exaspérés s'ils vous voient en premier, vous serez le chiffon rouge sous le nez du taureau. Il faut au contraire des forces pour les dissuader, leur faire comprendre la folie de leur geste, pour qu'ils s'en retournent chez eux au plus vite.

Le capitaine Guitry dit un mot en faveur de la Remonte, de vrais soldats aguerris par l'expérience des batailles. Mais le préfet, pensant que ces vieux-là n'étaient plus bons à rien, hocha la tête. Il préférait la garde nationale, elle émanait de la République, ses officiers avaient été élus par le Peuple.

Il se tourna vers eux.

– Officiers, pouvons-nous compter sur vos compagnies, Perdrix, Nadaud, Bouchardon, Coudert-Lavillatte, Betoulle, pouvons-nous compter sur leur sens républicain ?

Tous répondirent par l'affirmative.

Betoulle ajouta cependant que ses sapeurs-pompiers étaient bien jeunes, inexpérimentés…

– C'est ce qu'il nous faut, coupa le préfet, des hommes nouveaux, spontanés, ardents.

Ainsi fut-il décidé qu'en travers de la route d'Ajain se tiendrait la première compagnie de la garde nationale, avec, sur son flanc gauche, les sapeurs-pompiers, soutenus par les soldats de la Remonte placés à l'entrée du chemin de la Rode. Juste derrière se rangerait la deuxième compagnie. En réserve, à l'arrière, la troisième compagnie, à l'entrée de la route d'Aubusson. Quant à la gendarmerie, elle se posterait sur le flanc droit, prête à intervenir le cas échéant.

Coudert-Lavillatte avait été désigné pour commander l'ensemble des troupes.

Les hommes devaient être sur-le-champ convoqués par

le tambour de ville et se réunir aussitôt sur la place d'Armes où on leur distribuerait les cartouches, avec consigne de ne s'en servir qu'au dernier moment et après les sommations d'usage.

– Vous savez bien sûr, citoyen maire, quelles sont les sommations à faire contre tout rassemblement armé ?

Il savait.

– Mais ce ne sera pas nécessaire, assura le préfet. Par ces chaleurs, je ne vois pas ces gens faire toute cette route, avec les travaux des champs en cours.

Il se tourna vers le maire.

– C'est la saison des foins, n'est-ce pas ?

24

Un cheval rouge, bride abattue, file comme le vent sur la route de Pionnat.

Monté par deux hommes cramponnés l'un à l'autre. Ils serrent le cheval de leurs cuisses, martèlent ses flancs de leurs talons : vite, encore plus vite !

Sur ce cheval, ils ne sont plus les mêmes. Ils se sentent porteurs d'une mission qui les dépasse. Parenton n'est plus domestique, comme Aguillaume n'est plus garde champêtre. Ils sont tous deux émissaires et porteurs de parole fabuleuse, avant-garde du destin. Parenton a penché sa tête sur l'encolure du cheval. Ivre de joie, grisé par la vitesse, il sent contre lui dans son dos, le poids, la chaleur du corps d'Aguillaume. Le rythme de la galopade est passé dans leur sang.

Quelques heures auparavant, Parenton avait été l'un des premiers à crier canailles, une pierre à la main, un de ceux qui s'étaient échappés au Pont-à-la-Dauge. Il vivait ces instants avec une jubilation sans égale. C'était sa bataille, sa révolution. Sur ce cheval, il sentait qu'il entrait dans l'histoire.

Lui, et Aguillaume, dit le Dur, partaient défendre non seulement leur commune, les villages environnants, mais les autres paysans, dans le pays tout entier.

Vite, encore plus vite !

A folle allure, ils longèrent les bois, les pâtures, passant les croix des carrefours, les étangs, le Grand et celui des Marchives, par la Fayolle et le champ de Las Queyras, arrivèrent à la dernière croix qui marquait le carrefour vers Bosgenêt.

En trombe, ils atteignirent les premières maisons de Pionnat.

Le martèlement fracassant du galop les avait annoncés. Des gens étaient sortis sur le pas de leur porte. Au milieu de la route, le maire et le curé se tenaient face à face, la conversation suspendue.

Dans un fracas d'enfer, le cheval, tout couvert d'écume, déboucha sur la place.

– A l'aide ! hurla Aguillaume, tandis que Parenton criait : Aux armes, aux armes !

Puis le cheval vira brusquement et disparut derrière l'église.

– Ils nous auraient bien écrasés, s'indigna le curé.

– Où courent-ils donc ? s'étonna le maire.

– Ils vont chez Doutre, pardi !

En effet, ils s'étaient arrêtés devant une maison, juste en face de la forge.

Couvert de sueur, l'écume à la bouche, le cheval hennit.

Au même moment, la porte s'ouvrit.

Et sur le seuil, Jacques Doutre apparut.

Grand, fort, très brun, une fierté naturelle dans le maintien, il avait entendu la galopade. Il reconnut Aguillaume et comprit aussitôt.

Mais son premier geste fut pour le cheval. Il lui prit la tête, lui parla et le calma.

– A le presser comme ça, vous auriez pu le crever.

Parenton regardait Doutre de tous ses yeux avec admiration. Il savait qu'il était président du célèbre club de Pionnat, qu'il était maréchal. L'homme du fer et du feu. L'homme du bétail aussi qu'il savait soigner.

Essoufflé, rouge, le Dur donna la lettre de Boudot et, parlant en termes hachés, raconta l'arrestation d'Auvert, celle des maçons au Pont-à-la-Dauge.

– Ils n'ont pas pu m'avoir, moi, interrompit Parenton.

– Comment t'es-tu sauvé ?

– Par-derrière chez Mazeau et il ajouta : C'est à moi, le cheval.

Mais le Dur s'impatientait. Il fallait de l'aide, rejoindre ceux d'Ajain pour délivrer les prisonniers.

Doutre lut la lettre et releva la tête.

– Que pensez-vous faire ?

– Marcher sur la ville.

Les yeux baissés, Doutre réfléchit. Il avait tout de suite compris la gravité de l'affaire, l'inévitable enchaînement. Le refus de l'impôt, les arrestations, les gendarmes, le délit, la loi. Ainsi, la machine s'était mise en marche. Quel grain pourrait l'arrêter ?

– Venez avec moi sur la place.

Et tous trois se rendirent devant la mairie. Là, une foule compacte s'était amassée autour du maire et du curé. La rumeur avait déjà apporté les nouvelles d'Ajain.

– Il faut nous aider, cria Aguillaume.

– Dépêchez-vous vite ! cria Parenton.

Pour le maire qui connaissait les lois, c'était pure folie que d'espérer récupérer des prisonniers en allant à la ville.

Le curé à tous recommanda de rester tranquilles, et joignit les mains.

Doutre réfléchissait.

Cependant, tous les Aguillaume de Pionnat et des environs étaient arrivés, groupe d'hommes solides, décidés. Eux étaient pour marcher de suite. Et la majorité des gens présents aussi. Il s'agissait de paysans comme eux, et s'adressant directement à Doutre : Vous nous l'avez assez répété que nous étions tous frères et que cet emprunt des 45 centimes était injuste, qu'il nous visait nous, en particulier, les paysans.

Sylvain Amathieu, originaire de Fot, cria :

– Ceux qui ont été arrêtés, ce sont nos hommes, à nous aussi !

Et les femmes répétèrent en chœur :

– Ce sont nos hommes, ce sont nos hommes !

Enfin, Doutre prit la parole :

– Je suis un homme de paix, je n'aime pas me battre.

Il vit le regard de Léonard Parenton rivé sur lui, angoissé, suppliant.

– Mais nous devons aller rejoindre ceux d'Ajain. L'emprunt forcé fut un acte de violence, envoyer les gendarmes un jour de fête patronale est un acte de violence. Arrêter des paysans en pleine saison de la moisson est encore un acte de violence. Nous aiderons ceux d'Ajain, par devoir de solidarité. A Ajain !

Des cris d'enthousiasme lui répondirent :

– Tous à Ajain !

Le maire chuchota alors au curé : Avez-vous fermé la porte de votre église ?

Relevant sa soutane à deux mains, l'abbé Rouffet se mit à courir.

Trop tard. Déjà, le tocsin sonnait. Hommes, femmes, enfants, tous se relayaient.

Une fois sa décision prise, Doutre se déchaîna. Il fut partout, se saisit du tambour, battit la générale à travers le bourg, fit distribuer les armes de la garde nationale, une vingtaine de fusils. Ceux qui n'en eurent pas saisirent leurs faux et leurs serpes ou des gourdins. Lui-même se contenta de la fourche qu'il prenait pour aider aux foins.

– Qu'allez-vous faire de cela ? lui demanda le curé, l'œil sévère.

Doutre lui répondit qu'il la déposerait à Ajain.

Puis se penchant :

– Allons, monsieur le curé, venez avec nous !

Piqué au vif, l'abbé Rouffet recula d'un pas.

– Jamais ! Ma place n'est pas avec tous vos braillards. Voyez ma robe. Il faudrait me couper à morceaux avant que j'y aille. Moi, je suis un homme de paix.

Doutre sourit.

– Justement, nous avons besoin d'un homme comme vous. Venez, vous empêcherez qu'on se batte.

Cependant le Dur avait enfourché le cheval.

– Où vas-tu ? s'effraya Parenton.

– A Ladapeyre !

Parenton n'eut pas le temps d'ajouter un mot. Il pensa : Il me laisse. Et le cheval, que va dire mon maître ?

A ce moment, comme s'il avait oublié quelque chose, Jacques Doutre se précipita chez lui. Il écarta sa femme, puis ressortit, portant le drapeau tricolore.

C'était le drapeau de la Société démocratique de Pionnat. On pouvait y lire en lettres d'or, d'un côté :

LIBERTÉ ÉGALITÉ FRATERNITÉ

de l'autre :

UNION SINCÉRITÉ DÉVOUEMENT.

Sur la place, il le brandit. On l'acclama et, tenant le drapeau, il se mit à la tête du rassemblement.

Et tous prirent la direction d'Ajain.

Cependant, à la dernière minute, on vit quelqu'un se glisser hors de chez lui, courir tout en enfilant sa redingote de cérémonie pour rejoindre la queue du cortège.

C'était Pierre Southon, le maire de Pionnat.

25

Sous les coups lancinants du tocsin – il sonna pendant trois heures – et les battements trépidants de la caisse, la population d'Ajain vivait dans un état d'excitation inimaginable les derniers préparatifs du départ. Certains mettaient des vêtements propres et faisaient toilette pour se rendre à la ville. Ceux qui avaient sorti de vieux fusils couraient acheter de la poudre au bureau de tabac de Victoire Fayolle qui ne savait plus où donner de la tête.

Sur la place de l'église, une foule était massée, on se comptait déjà. Il fallait faire nombre. Soudain, on entendit une voix crier : Au séminaire, le séminaire avec nous ! Lajoix, de Puygaillard, se mit à imaginer le cortège, une centaine d'élèves, les plus petits devant, les plus grands derrière, flanqués de ces messieurs, quel effet sur la population de la ville quand ils y feraient leur entrée solennelle !

Aussitôt, Pauly, Bord, Naudy, le Prussien, suivis des plus entreprenants, de courir aux grilles du collège et de les secouer. Epouvanté, le portier s'enfuit chercher le supérieur, M. Chaumet, qui arriva, cérémonieux et sévère. Il vit les mines surexcitées, les visages tourmentés, les serpes brandies et évalua le danger. Il sut écouter, tête penchée, avec la plus grande attention.

Son attitude, sa dignité, la considération avec laquelle il accueillit, ou feignit d'accueillir, la proposition, calmèrent les plus énervés. Il dit que c'était là chose grave. Ils en convenaient. Et que lui, supérieur du séminaire, se tenait pour responsable de ses enfants. Par conséquent, pas question d'emmener les élèves. Le ton était catégorique. Il y eut quelques huées. Cependant… cependant il proposait de se joindre en personne au rassemblement et peut-être même d'emmener une partie des élèves de la classe de rhétorique, en âge de voter. C'est une affaire d'hommes, ajouta-t-il, comme en confidence. Il allait faire appel aux volontaires. Et il se retira.

– S'il ne tient pas parole, je casse sa baraque, dit le Prussien. Si je ne le fais pas, que le diable me brûle !

Mais personne n'y prêta attention.

Déjà le rassemblement se formait, avec fourches, fusils, gourdins. Les enfants sautaient partout, certains voulaient partir eux aussi et les grand-mères couraient pour les rattraper. On entendit des chants… Martin Lamy, un grand blond sous un chapeau de paille, avait pris le tambour et en accélérait les roulements. Rothonnet, le boulanger, qui avait fini sa fournée, accourait. Brelingard avait quitté l'église et rejoint le groupe de Loubier.

Toujours ensemble, Lionnet et Debellut venaient d'arriver, chacun avec sa fourche sur l'épaule.

– Penser que je n'ai pas eu le temps de manger une croûte, dit l'un.

– Moi non plus, pas même une louchée de soupe, dit l'autre.

Et comme Lionnet proposait timidement d'aller se restaurer à l'auberge :

– Trop tard, coupa Debellut, et puis un verre à jeun, ça nous fera plus de mal que de bien, regarde Bord, son nez qui luit, et le Naudy qui tient à peine sur ses jambes.

– C'est vrai, Debellut, ça nous ferait du mal, pour sûr.

Ils restèrent côte à côte, graves, silencieux.

Le curé Vacher arrivait lui aussi, entraînant dans son sillage le sacristain et le beau Romain Brunet. Les paysans s'étaient instinctivement groupés par hameaux. Massée sur la route et la place de l'église, la foule attendait.

Enfin parut M. Chaumet, superbe, soutane noire et rabat bordé de liserés blancs, flanqué de dix élèves, tous en noir également. Ils firent grande impression. On voulut les mettre devant, avec le tambour. Ferme, le supérieur refusa : ils se tiendraient modestement à l'arrière.

C'est alors qu'on entendit au loin un roulement de tambour.

Tous se précipitèrent sur la route. Une grande clameur s'éleva :

Pionnat ! C'était Pionnat qui arrivait !

Drapeau tricolore et gardes nationaux en tête, fusils en bandoulière, sabres au côté, fourches, gouyards, même une vieille hallebarde de 93, sur l'épaule, et au premier rang, Doutre, l'immense Lizet, le charpentier, flanqué du petit Laurent Chaudron, le clan des Aguillaume. Suivaient les gens des hameaux proches, ceux de Fot, Sylvain Amathieu en tête.

Ainsi, ce fut une véritable armée de paysans qui fit une entrée triomphale dans Ajain.

La joie illuminait les visages, des femmes pleuraient, des cousins se tombaient dans les bras. Certains voulurent aller au cabaret boire un verre, trinquer aux retrouvailles. Et puis il faisait déjà si soif !

Cependant, M. Boiron courait après Parenton.

– Mon cheval, galopin, qu'as-tu fait de mon cheval ?

Laissant sa fourche comme il l'avait promis, Doutre courut se chercher un fusil.

– Mon mari n'est pas là, lui dit Mme Boiron, mais voilà le fusil, je vous le prête.

– Ah merci, et n'ayez crainte, je ne m'en servirai pas et je vous le rapporterai sans faute, fiez-vous à moi.

Il n'était pas plus tôt sorti qu'un autre entrait déjà.

– Ah, si c'est pour le fusil de mon mari, trop tard, il est déjà pris, mais allez donc voir chez M. Boudot.

Le percepteur, après tout, pourquoi pas ?

M. Boudot étant absent, Mme Boudot s'empressa d'offrir le fusil de son mari.

– Il ne veut jamais que j'y touche, imaginez-vous, regardez-moi cette poussière, ces toiles d'araignées.

Tout heureux, l'homme avait déjà franchi la porte quand la femme du percepteur le héla :

– Attention ! j'ai oublié de vous dire, le fusil, il est chargé !

Enfin tous se regroupèrent autour du drapeau. Après les malheurs de l'aube, à voir arriver les gens de Pionnat en renfort, ceux d'Ajain se sentirent réconfortés.

A la fameuse pendule de M. Joubert, onze heures avaient sonné.

Ils partirent. Ceux qui restaient leur criaient : Ramenez nos hommes !

Bien sûr, qu'ils les ramèneraient.

Avant le soir, ils seraient tous de retour.

26

Cependant, à Guéret, au même moment, le tambour de la ville se plantait au carrefour des rues pour faire sa proclamation.

La rumeur l'avait précédé quand il déboucha à l'entrée du faubourg Chênevert et les enfants s'abattirent autour de lui comme des moineaux sur un champ de millet.

Honorine accourut elle aussi avec toutes les femmes du voisinage.

– Avisse, cria-t-il dans un roulement de tambour.

Et la population écouta.

– ...afin que personne n'en ignore...

Et même si certains mots restèrent accrochés dans sa moustache, on comprit que tous les hommes de la garde nationale devaient rejoindre sur-le-champ leur poste à la place d'Armes, pour se mettre sous les ordres de leur commandant. Et il y eut un autre roulement de tambour. Impératif et rageur.

De loin, Honorine aperçut Michel qui remontait la rue au pas de course. Ils entrèrent tous les deux dans la maison. Elle referma la porte et l'attrapa par le bras.

– Je te l'avais bien dit qu'il y aurait la guerre.

Michel se dégagea pour aller, en toute hâte, endosser son uniforme, criant : Mais non, mais non !

Il avait posé son fusil contre le mur, le fameux numéro 169, et ne put s'empêcher de le regarder avec quelque satisfaction. Honorine en fut exaspérée.

– Si ce n'est pas la guerre, vas-tu me dire ce qui se passe ?

– Ce ne sont que des troubles dans la campagne, des paysans.

Elle avait pâli.

– Quels paysans ? Quelle campagne ?

– Ajain.

– On nous tient au courant de rien, nous, les femmes, et pourquoi Ajain ?

Il entendit des pas précipités au-dehors. Il serait en retard.

– A cause de l'emprunt forcé qu'ils n'ont pas voulu payer.

– Personne ne veut payer l'impôt. Je ne vois pas en quoi ça te regarde et pourquoi ce fusil ?

– Pour les dissuader, sans doute, je n'en sais rien, moi.

– Tu ne sais rien, mais tu y vas. On vous monte les uns contre les autres, c'est la guerre civile.

Il soupira. Toujours les grands mots.

– Michel, tu n'iras pas.

On tapait au carreau. C'étaient Bachet, Périgaud et Sudron qui venaient le chercher.

– Je suis bien obligé, tu vois.

Il ajusta le col de sa veste, s'empara de son fusil, jeta vers Honorine un regard timide.

– Tu ne m'embrasses pas ?

Elle se raidit, puis lui tendit la joue, sans le regarder.

En ville, ils prirent au passage les hommes du faubourg de la Boucherie, groupés autour de Jean Martin dit Morabet, puis ils furent rejoints par ceux du faubourg de Paris, Léonard Roby en tête, et surgirent ceux du faubourg Montpellier, avec Thévenot et Villatte, Romulus et Riboulet, enfin ceux de la place Piquerelle et de la rue des Sabots, derrière le coutelier Périne et Hugues Sartin. Ils étaient tous de la troisième compagnie, journaliers, couvreurs, bouchers, sabotiers, horlogers, maçons ou tailleurs de pierre. Ils murmuraient : Ça y est, nous allons encore perdre notre journée, ce sont nos femmes qui ne sont pas heureuses, vieux !

Drainant ceux de la deuxième compagnie, ils remontèrent la Grande-Rue et, passant devant la préfecture, débouchèrent sur la place d'Armes.

Là, c'était une véritable mobilisation générale.

Les Dugenest se tenaient tous sur le pied de guerre, Joseph, l'imprimeur, son fils Pierre et son frère, Frédéric, le médecin.

Les trois compagnies se rassemblaient ainsi que les sapeurs-pompiers sous les ordres de Martial Betoulle, l'air préoccupé.

Le commandant essayait de mettre un peu d'ordre dans la confusion générale. Les soldats de la Remonte se mêlaient aux gardes nationaux. Seuls les gendarmes demeuraient en retrait, tenant leurs chevaux par la bride. Saint-Germier, impassible, attendait les ordres de son chef.

C'est alors que la rumeur parcourut les groupes : les paysans avaient quitté les villages. Non seulement Ajain, mais aussi Pionnat. Ils venaient de partir. On les avait vus. Ils marchaient sur la ville !

Le préfet arriva sur la place et resta planté, droit, immobile, entouré par les autorités, le maire, nerveux, agité, et le représentant du peuple Lassarre. Le docteur Guisard accourait. Michel se précipita vers lui.

– Ne vous inquiétez pas, mon ami, vous allez voir, je vais aller au-devant de ces paysans et aussitôt les calmer. Ils finiront bien par entendre raison…

Les ordres vinrent enfin de s'ébranler et de prendre position.

Ainsi, ils partirent, prirent par la rue des Chers et gagnèrent la route de Moulins.

Le porte-drapeau ouvrait la marche et le jeune tambour Pascal se mit à battre la caisse.

Et là, au carrefour des routes d'Ajain et d'Aubusson, d'où l'on voit la descente sur Bellevue et la route, qui part toute droite à la romaine, à travers la campagne, ils s'arrêtèrent.

Ils se postèrent aux endroits stratégiques prévus, à ce carrefour, et aussi à l'entrée du chemin de la Rode.

Le préfet passa.

– Je peux compter sur vos gardes ? demanda-t-il à nouveau.

Et à nouveau, Coudert-Lavillatte répondit par l'affirmative.

Mais il avait senti ses hommes inquiets, certains paraissaient troublés, ils restaient là, fusil au pied, un peu gauches, sans rien dire. Et puis il y avait les absents. On racontait que Barnicot appelait à déserter en menant grand bruit.

Ces gens d'Ajain et de Pionnat, qui étaient-ils, où étaient-ils ?

Alors le commandant décida d'envoyer une brigade de gendarmes à cheval se poster en haut de la côte pour guetter l'arrivée des paysans.

Ils partirent au trot.

Et l'attente commença.

27

La foule des paysans s'avançait, tenant toute la largeur de la route. Foule mouvante, en marche rythmée par le roulement des tambours.

Au drapeau de Pionnat, quelqu'un avait accroché un placard écrit à la main :

NOS PRISONNIERS OU LA MORT.

Sans cesse, cette foule grossissait. Car, passant par les traverses, d'autres paysans les rejoignaient. Ils avaient quitté leurs champs. Ils arrivaient des villages avoisinants, de Bréjassoux et de Lavalazelle, de Villechaud et du Roudeau, de Villetête et de Cherlavaud. Certains qui étaient venus en charrette l'abandonnaient à l'entrée de la charrière.

Comme le cortège allait dépasser les Bréjauds, sur la route surgit un homme. Beau, trapu, cheveux grisonnants, à la fois fier et malicieux, les yeux très bleus. Il avait mis son ruban tricolore en sautoir et portait au côté un sabre-briquet. Jean Chevrier, lieutenant de la garde nationale, avait quitté son moulin de Pont-à-Libaud et entraînait derrière lui tous les gens des moulins et des bords de rivière. On l'acclama. Doutre lui donna l'accolade et lui fit place au premier rang, à côté du drapeau.

La route descendait.

Si, à cette moitié du parcours, les premiers rangs avaient gardé un certain ordre, vers la queue du cortège les groupes se défaisaient et se tenaient moins bien. Les femmes discutaient entre elles, les plus âgés avaient ralenti l'allure, et quelques-uns se mettaient à penser aux foins, au sarrasin, aux bêtes déliées. La chaleur était torride. Certains enlevaient leur chapeau et s'épongeaient le front. D'autres voulaient s'arrêter un moment et reprendre souffle en s'asseyant sur le talus. Mais arrivées à leur hauteur, des femmes les réprimandaient d'une voix aiguë : Allons, paresseux, marchons, c'est-il que vous broqueriez !

Tout au long du cortège, infatigable, insensible à la chaleur, courait Léonard Lajoix, le garde champêtre, allant devant, revenant derrière, sourcils froncés, agitant son bâton, comme s'il menait ses bêtes aux champs. On aurait cru entendre : Brrrou, brrrou, vêt, vêt ! tant il se donnait de peine. Allons, marchons, un peu de nerf, que diable, où vous croyez-vous, à un enterrement ?

Il soupirait :

– Il en faudrait vingt comme moi, tiens, ça vous ferait avancer.

Il s'en prit à Romain Brunet.

– Ah, ça rechigne, le sabotier, on ne voulait pas sonner la cloche tout à l'heure, et maintenant on traîne les pieds.

Romain agita la main comme pour se débarrasser d'une mouche et accéléra le pas.

– Et lui, là, ça se dit capitaine, ah ah, comment peut-on nommer des officiers pareils ! Elle est belle, tiens, la garde nationale, de vrais crevas, moi, je dis. Je voudrais bien les voir chez moi, à Puygaillard, des gars de cet acabit !

L'autre se rebiffa, mais le garde champêtre était déjà reparti.

Cependant on approchait du Pont-à-la Dauge.

Sous le soleil brûlant de midi, monta enfin un souffle de fraîcheur.

Alors les plus assoiffés s'arrangèrent pour se glisser dans les derniers rangs, pensant se détacher en douce pour aller se rafraîchir. Jamais leur gorge n'avait été si sèche. Ils ne pensaient plus que chopine et vin frais, avec perles de buée sur le verre.

Les portes des auberges du Pont étaient grandes ouvertes. On entendait le tintement des bouteilles. Aucun garde champêtre n'aurait pu les empêcher de faire halte. « Juste un verre et je vous rejoins. »

Rothonnet montra l'endroit d'où il avait sauté et Parenton celui par où il avait filé. Ils pensèrent tous aux trois maçons, à Auvert. Ils murmurèrent : Nos prisonniers ou la mort, et ils repartirent.

Derrière le premier rang, marchaient côte à côte Lionnet et Debellut, la fourche à l'épaule.

– A quoi tu penses, Lionnet ?

– Je me dis, pour les prisonniers, on les délivrera, au nombre qu'on est, ce ne sera pas difficile à la cerner, la prison. Tu la connais, c'est tout petit. Mais l'impôt, Debellut, l'impôt, est-ce qu'il sera supprimé pour autant ?

Debellut soupira, hocha la tête.

– Va savoir, ça vient de plus haut, l'impôt.

Il y eut un long silence.

– A quoi tu penses, Debellut ?

– A rien, Lionnet. Je préfère penser à rien, pour l'instant.

Mais on arrivait à Villandry où attendait Raphanaud, dit le Friquet, avec son fils et des voisins. Ainsi, jusqu'au bout, la foule grandissait.

Ils avaient passé la Ribière. Ils longeaient à présent la

brande de Charsat. Bientôt on arriverait à la côte de Bellevue.

On ne voyait pas encore de maisons, simplement une ferme, sur la droite. Malgré tout, quelque chose avait changé. C'était dans l'air, l'impression que l'espace allait se rétrécir. Ils sentaient déjà l'approche de la ville.

La ville. Les visages se tendaient, devenaient plus graves. On allait entrer dans la ville.

Doutre demanda aux tambours de se préparer à battre la caisse, pour ces derniers instants où l'on respirait encore l'odeur de la campagne et où on devait se préparer à aborder un autre monde.

Et c'est ainsi qu'ils allaient remonter la pente, lorsque Doutre fit signe d'arrêter.

Les tambours cessèrent de battre. Ils levèrent tous la tête.

Là-haut, droit devant, sur la ligne de crête, aux abords de la ville, une ligne sombre fermait l'horizon.

Ils plissèrent les yeux.

Dressés sur leurs chevaux, les gendarmes barraient le passage.

On leur interdisait la ville !

Il y eut un moment de stupéfaction.

– En avant ! cria Doutre.

Ils marchèrent et les tambours battirent.

Alors, tel un mirage, la ligne noire sembla onduler, se diluer, et puis elle disparut.

28

Inlassablement, la cloche sonnait au-dessus de Ladapeyre.

Philippon releva la tête. Tout d'abord, il pensa à la messe qu'on devait célébrer ce matin-là pour les biens de la terre. Mais le son ne s'arrêtait pas, monotone, rapide, lancinant. Des yeux, il chercha une fumée à l'horizon. Rien. Alors il comprit la voix. Elle appelait à l'aide.

Dans son champ, debout sous le ciel, il la sentit le pénétrer au plus profond, comme un appel personnel, un message précipité à lui seul adressé.

Abandonnant ses bœufs, il ferma la barrière, et, à grands pas, longea la lande du Coudard, prit par les traverses, passa le ruisseau et gagna le bourg.

On y battait la générale et toute la population, avec curé, sacristain, adjoints, était groupée sur la place. Alerté par le tocsin, Besse-Dumas, le maire, avait quitté ses ateliers et accourait. Auguste La Rochette, commandant de la garde nationale, avait déjà décidé la mobilisation. Le maire hésitait pourtant et le curé se montra farouchement hostile à tout départ. Mais le commandant trancha : il tenait encore à la main la lettre de Boudot que lui avait remise Aguillaume, cette écriture tremblée témoignait assez du danger. Eh bien, on ne les aurait pas appelés en vain : ils iraient rejoindre ceux d'Ajain. Délivrer les prisonniers et, dès que ceux-ci seraient libérés, alors tout le monde rentrerait chez soi. Voilà. Etait-ce clair ? On entendit partout : Oui, mon commandant. A vos ordres, mon commandant.

Il allait partir quand il se retourna :

– Ah, c'est vous Philippon, vous étiez aux champs, je vois. Etes-vous prêt ?

Philippon n'eut pas le temps de répondre. Une autre voix l'attrapait au passage :

– Ah ah ! Philippon, en voilà une tenue pour aller vous battre. Vous feriez mieux, mon pauvre ami, de retourner à vos bœufs, non, mais, regardez-vous.

Le curé de Ladapeyre avait l'esprit railleur.

Sans se fâcher, Philippon, baissant les yeux, s'examina, pantalon déchiré, sabots crottés, vieille chemise.

La tristesse envahit son visage. Mais quelqu'un le prit par l'épaule.

– Allons, venez chez moi, je vais vous prêter des vêtements et nous boirons un coup pour vous remettre.

Quand il reparut sur la place, veste, pantalon propres, chapeau et souliers, il n'était plus le même. Il était le lieutenant Philippon de la garde nationale.

Le curé fit mine de se frotter les yeux.

– On me l'a changé, ma parole, on l'a fait beau comme pour aller à une noce !

Seulement, cette fois, la moquerie du curé ne portait plus.

– J'ai peut-être mis les habits d'autrui, monsieur le curé, mais je n'en ferai pas moins mon devoir, répliqua Philippon en lui tournant le dos.

Puis plus fort, à la cantonade :

– On les reconnaîtra bien un jour, les bons citoyens !

Le temps pressait. Furet, le charpentier, courait la campagne pour décider les paysans restés aux champs et allait criant : Ce sont les ordres du commandant, si vous ne venez pas, on vous dressera procès-verbal. Et il ajoutait : Prenez vos outils, faites comme moi, et il brandissait sa bisaiguë.

Lorsque le cortège s'ébranla enfin, midi avait sonné depuis longtemps. A cheval, sabre en bandoulière, le commandant La Rochette, tel Bonaparte allant à la bataille, caracolait en tête.

Soudain, Philippon se souvint que, dans les vêtements d'un autre, il n'avait pas d'argent sur lui. Avisant le sacristain resté sur le bord de la route, il lui demanda de lui prêter trente sous.

– Vous les réclamerez à ma femme, si je viens à être tué.

Et il courut rejoindre les autres.

Quand enfin ils arrivèrent à Ajain, le bourg était désert. Les femmes leur dirent :

– Mais ils sont partis depuis longtemps ! A l'heure qu'il est, ils doivent être déjà à Guéret.

Alors La Rochette décida d'aller en avant pour prévenir qu'ils arrivaient. Il mit son cheval au trot.

Du coup, les autres se réfugièrent au cabaret pour boire la chopine, se remettre de la déception et prendre des forces avant de reprendre la route.

29

Tel un mirage, la ligne noire à l'horizon s'était évanouie. Tournant bride, les gendarmes étaient revenus au galop vers la ville pour rejoindre leur poste, mission accomplie.

Aussitôt tout le monde comprit. La nouvelle se répandit de rang à rang, de compagnie à compagnie, des cavaliers de la Remonte aux pelotons échelonnés sur le chemin de la Rode jusqu'à la route de la Châtre, et il n'y eut plus qu'un cri :

Ils arrivent !

Ainsi, ils avaient poursuivi leur route, persisté dans leur dessein. Les gens de la ville avaient un moment espéré un arrêt, une halte, les paysans auraient pu en effet changer d'idée, au pont, par exemple, descendre dans l'eau se rafraîchir et retourner aux champs. Mais non, ils s'étaient obstinés, et rien ne semblait devoir les empêcher à présent d'arriver.

Le préfet passait d'un groupe à l'autre, répétant : Puis-je compter sur vous ?

Un lieutenant fut chargé de distribuer les cartouches avec parcimonie. Six cents cartouches, une par homme, avec ordre de ne pas s'en servir. On dit qu'il ne fallait en aucun cas laisser les insurgés (dorénavant on les appellerait ainsi, « les insurgés » ou « les rebelles ») avancer à moins de cinquante pas de distance des premières lignes.

C'est alors que le député Guisard intervint et déclara qu'il tenterait une démarche personnelle : il dissuaderait ces égarés d'approcher davantage, il leur ferait rebrousser chemin. Que ceux qui le désiraient le suivent.

On ouvrit la ligne de défense et il s'avança. Le maire, les adjoints, le substitut, le garde général des Eaux et Forêts, le député Lassarre, un groupe de notables guérétois, avocats, employés de la préfecture s'engouffrèrent avec lui. Ils s'avancèrent jusqu'aux dernières maisons, celle de la Grave et l'auberge Belon.

Soudain, ils aperçurent au loin la foule des paysans qui lentement montait la côte. Ils furent frappés par leur nombre. Combien étaient-ils ? Sept cents, huit cents, mais ils paraissaient des milliers, à cause de la densité de leurs rangs, de la fierté de leur allure, drapeau tricolore flottant en tête et tambours battants. Surtout, au-dessus de cette masse, fourches, piques, pelles, tridents, faux, serpes emmanchées étincelant dans le soleil semblaient par leur reflet multiplier leur nombre.

C'était une étrange armée en sabots, comme surgie d'un livre d'images très ancien.

Le premier moment de surprise passé, Guisard et les Guérétois qui le suivaient reprirent leur marche. Ainsi s'avançaient-ils tous sur ce terrain neutre, cette route ouverte, les uns vers les autres. Ceux de la ville et ceux de la campagne.

Quand ils furent face à face, les tambours cessèrent de battre et tout s'immobilisa dans un silence impressionnant.

A ce moment, Guisard fit un pas en avant et, tendant les bras vers le drapeau, cria :

Vive la République !

Ces mots qui avaient jailli des barricades de Février, qui avaient porté l'espoir de tant d'hommes, ces mots restèrent comme suspendus dans le vide, désespérément sans écho, presque incongrus.

Guisard en ressentit une grande peine. En quelques secondes, il venait d'apercevoir la cassure, l'abîme qui le séparait à présent de ces gens. Il s'approcha cependant, tandis qu'il entendait : « Tiens voilà notre représentant ! », cela prononcé sans ironie, sans persiflage, sans chaleur non plus. Il s'avança, on lui ouvrit les rangs, à lui et à cette délégation descendue de la ville, et en un instant ils furent entourés, et alors tomba sur eux une grêle de griefs, de reproches, de plaintes, de revendications. Comme si enfin ces gens prenaient la parole et ne la lâchaient plus.

– Mais que demandez-vous ? finit par s'écrier Guisard.

Ce qu'ils demandaient ! La délivrance de leurs prisonniers, avant tout, et ils crièrent : Les prisonniers ou la mort et dirent qu'ils se feraient tuer s'il le fallait, mais qu'ils les ramèneraient. La suppression des 45 centimes, cause de tous leurs malheurs. La fin du chômage des maçons, de la misère, la liberté de vivre.

– Ne parlez pas tous à la fois !

Alors on vit une main qui sembla sortir de la foule, comme par magie, et qui tendait une feuille de papier. C'était une déclaration des habitants de la commune d'Ajain. Guisard lut à mi-voix. Ils réclamaient la démission du maire. Et aussi un autre percepteur…

– Impossible, s'écria Guisard, c'est impossible !

Et enfin ce vœu :

« *Faitte que le peuple soit libre de vous présenter ceux qu'il Désire.* »

Le député resta muet. *Ceux qu'il Désire* ! *Ceux qu'il Désire* ! se répéta-t-il en lui-même, stupéfait.

Il se ressaisit :

– Impossible ! répéta-t-il, et il mit la déclaration dans sa poche.

Il voulut dire qu'il leur fallait garder le maire qu'ils avaient reçu de la République, qu'ils devaient respecter la loi, qu'on ne pouvait revenir en arrière et que, pour les 45 centimes, il ne pouvait rien faire…

– A quoi servez-vous donc alors ? lui cria-t-on.

Quelqu'un lui toucha le bras et lui dit, d'une voix calme, presque triste :

– Nous sommes ici cinq cents qui vous avons nommé député, vous devriez bien prendre notre parti.

Et toujours, comme une litanie :

– Rendez-nous nos prisonniers.

Alors Guisard leur expliqua qu'ils devaient d'abord rentrer chez eux, que la justice était saisie et qu'elle statuerait et leur renverrait leurs hommes le moment venu.

Mais ils les voulaient tout de suite.

– Nous ne voulons pas coucher seules cette nuit ! crièrent des femmes.

– Nous les voulons ce soir, et ce soir nous les aurons !

Pastoureau, le garde des Eaux et Forêts, s'approcha d'un paysan et lui dit tout bas :

– Allons, rentrez chez vous, je sais que les ouvriers ne tireront pas sur vous, mais les bourgeois ne vous manqueront pas.

Et l'autre lui répondit :

– Nous n'avons pas besoin de vos conseils, monsieur, nous ne rentrerons pas sans nos hommes.

Toutes les supplications furent vaines. Les gens de Guéret comprirent que jamais ils ne les convaincraient.

A bout d'arguments, Guisard s'écria :

– Quand bien même vous réussiriez à entrer dans la ville, la répression vous rattrapera toujours !

Les paysans répondirent :

– Peu importe !

A la fin, Doutre commanda la reprise de la marche. Simplement, la foule des paysans se referma sur la délégation venue de la ville et la porta avec elle en avant.

Inquiet, Guisard marchait au premier rang. Ainsi, il avait échoué. Son geste n'avait servi à rien. Quelqu'un l'avait pris par la manche, qui lui disait : Ecoutez-moi. Je veux vous dire quelque chose. Mais écoutez-moi donc ! Il entendit :

– Citoyen, nous ne voulons pas faire de mal, mais si on ne nous rend pas les prisonniers…

Tout en avançant, Guisard regarda l'homme, il était âgé et portait une serpe emmanchée sur l'épaule.

– …il pourra y en avoir, j'ai servi, citoyen, et avec cela, je pourrais bien en descendre deux ou trois.

Il avait pris sa serpe dans sa main et fit le geste de la pointer en avant.

Guisard ne répondit pas.

Et c'est ainsi qu'ils arrivèrent en haut de la côte et, là, ils aperçurent toute une foule de femmes et d'enfants qui avaient débordé les lignes et qui, attirés par la curiosité, étaient venus voir de près ces étranges paysans révoltés.

– Croisez les baïonnettes ! cria Coudert-Lavillatte.

30

Mais Jacques Doutre s'était élancé et hurlait :

Vive la Paix ! Vive l'Union !

Et il leva son fusil, crosse en l'air.

Décontenancés, frappés par cette voix de chef, les soldats baissèrent les armes.

Et à son tour, La Rochette cria :

Vive la Conciliation !

A ce moment-là, on vit se détacher des rangs de la Garde nationale un homme, maître Marcelot, avoué à Guéret, capitaine à la deuxième compagnie. Il s'avança au-devant des paysans et alla donner l'accolade à leur porte-drapeau qui, de surprise, resta planté là, comme cramponné à la hampe, cramoisi d'émotion. On les acclama.

Alors une sorte de vent d'euphorie, d'exaltation courut par tous les rangs. Les paysans pensèrent : Pauly nous avait prévenus, c'est vrai, il ne nous a pas trompés, la garde nationale de Guéret est avec nous ! Et tous se sentirent soudain soulagés, libérés de leur peur ou de leur colère, proches les uns des autres, solidaires d'une cause profonde, bien plus forte que les lois inventées par les hommes. Ce fut comme si des liens inextricables noués par une main maligne se défaisaient tout d'un coup.

Ils se regardèrent et se mêlèrent. Certains se connaissaient déjà. Ils avaient affaire ensemble, s'étaient rencontrés au marché. On s'exclamait : Ah c'est toi, Gerbaud ? Voyez donc là-bas, maître Lasnier, l'avocat. Il porte beau, mâtin ! Qu'est-ce que tu deviens, Marceron ? Pourquoi es-tu là, Michaud, au lieu de faire tes foins ? Et toi, Le Blanc, tu as abandonné tes bêtes, aujourd'hui ?

Alors, à nouveau, les paysans, profitant de la sympathie du moment, se confièrent et les propos volèrent de groupe en groupe, toujours les mêmes, les 45 centimes, les prisonniers, le percepteur, le traitement des curés, les gendarmes qu'on payait pour arrêter les paysans et qui laissaient les maraudeurs courir les champs.

Les gens de la ville écoutaient.

On parlait politique. Il ne fallait pas croire, mais les gens de la campagne étaient au courant de tout.

– Et que lisez-vous donc dans vos auberges ? leur demandait-on.

– *Le Constitutionnel* et aussi *L'Eclaireur de Boussac*. Ah, on les connaît, ceux du gouvernement. Ils ne tiendront pas deux mois.

– Savez-vous, monsieur, qu'autrefois, les ouvriers gagnaient à Paris jusqu'à neuf francs par jour, et maintenant, devinez ce que gagne un maçon ? Vous ne répondez pas. Il ne gagne rien, monsieur, il est sans travail.

– Laissez du temps à nos gouvernants, vous, à la campagne, vous êtes trop pressés.

– Nos gouvernants ! Lamartine avec ses huit cent mille francs de dettes ! Il ne sait même pas tenir son propre budget et nous donnerait des leçons !

Les gens de la ville écoutaient.

Les opinions variaient de groupe à groupe.

Celui-ci voulait un roi. Cet autre, un empereur.

Les gens de la ville écoutaient.

D'un air entendu, Raphanaud se mit à réciter des vers de Béranger : « *Ah si j'étais hirondelle, que je puisse voler, à l'île de Sainte-Hélène, j'irai me reposer…* » puis murmura :

– Vous savez, les neuf mois de Marie pourraient bien revenir…

Son interlocuteur était resté perplexe. Il chuchota :

– Qu'a-t-il voulu dire, cher ami, vous l'avez entendu, celui-là, avec ses mois de Marie ?

– L'Aiglon, je pense.

– L'Aiglon ! Mais il est mort.

– Il n'est pas mort pour lui, sans doute. Et puis, n'oubliez pas, il reste le neveu…

Ailleurs, on se plaignait des députés qui ne faisaient rien pour le peuple. Les gens de la ville leur rétorquaient qu'ils avaient voté comme les autres, oui ou non ? Mais ceux de la campagne affirmaient qu'on leur avait forcé la main pour élire des gens qu'ils ne connaissaient pas.

Faitte que le peuple soit libre de choisir ceux qu'il Désire…

– On nous a trompés, monsieur, et vous aussi, pardi. A propos, monsieur, entre nous, votre fusil est-il chargé ?

C'est dans cette confusion et ces flots de paroles qu'arriva à grandes enjambées un homme d'une quarantaine d'années, vêtu d'une longue redingote.

31

L'homme était grand et maigre. Sa redingote d'un gris pisseux était trop large pour lui et flottait sur son corps. Il portait une large cravate de satin noir et des cheveux longs et frisés. Il y avait de la fièvre dans son regard. D'un coup d'œil, il embrassa la foule et, parmi elle, distingua un groupe de paysans d'Ajain en sabots, fourches et serpes à la main.

Alors il s'avança vers eux et leur cria :

– Camarades !

Surpris, les paysans relevèrent d'un doigt leur chapeau et, avec respect, écoutèrent.

Il prit son souffle et répéta : Camarades, mes frères !

Et il remonta aux journées glorieuses de Février.

C'était, dit-il, comme si un arc-en-ciel avait sillonné les cieux. Nos paupières s'humectaient à cette vue d'un symbole d'union et de concorde et je croyais y reconnaître une sanction divine de notre immortelle, de notre évangélique devise de fraternité.

Cette devise, camarades, est gravée dans le cœur de quiconque a quelque élévation dans l'âme, elle l'est surtout dans le cœur de ceux qui, comme moi-même, sont appelés à travailler à l'émancipation du peuple par l'éducation.

Certes, nous rencontrons des obstacles sur notre chemin, mais n'y en a-t-il pas toujours ? Tout vaisseau, quelque bien lancé qu'il soit, ne laisse-t-il pas derrière lui un sillage où tourbillonne un instant la vague...

– Que nous chante-t-il avec sa vague ? chuchota Debellut à Lionnet.

Mais Lionnet lui fit signe de se taire et d'écouter :

– C'est un professeur, paraît-il, un homme instruit. Ecoute donc, bougre d'âne !

L'orateur parlait inlassablement, les yeux au ciel, avec une conviction enflammée, puis abaissant son regard, il s'adressa directement à son public :

Vous, gens des campagnes, qui vivez dans la rusticité des champs, à côté de l'étable, des bêtes, du fumier, de la terre ingrate, dans la boue, la crasse et l'obscurité, sans savoir la plupart du temps ni lire ni écrire (on entendit quelques murmures), songez à ce que vous serez, à ce que vos enfants et les enfants de vos enfants seront lorsque, éclairés par l'instruction gratuite, sortis de vos ténèbres archaïques où l'infâme Ancien Régime vous confina tels des esclaves, vous verrez enfin la lumière !

Les murmures s'amplifiaient.

Parmi les Guérétois présents, quelqu'un maugréa :

– Il agace. Personne ne le fera donc taire, il faut aller chercher le maire. S'il continue sur ce ton, c'est l'émeute.

– Venez à nous, malheureux ilotes, debout, debout, nous vous guiderons, nous vous...

– *Ma que qui nous disa, poro jacad* ? s'étonna une femme, tout fort.

Mais il n'entendait rien que sa propre voix. Soudain il déborda d'affection, de tendresse :

– Ne sommes-nous pas tous égaux, formant une même famille, oui, la grande famille de l'Humanité (et il ouvrit les bras comme le curé Vacher à la fin de la messe), sous l'auréole bénie de la République pour les siècles des siècles...

Une voix cria : Amen ! sans penser à mal, mais cela déclencha des fous rires.

A cet instant, comme revenu sur terre, l'orateur se vexa. De son œil, l'éclat chaleureux disparut. Il se crut obligé d'ajouter des paroles sévères :

– Comparé à l'immensité des efforts entrepris, qu'est-ce que vos revendications misérables ? Tandis que les ouvriers ont versé, à Paris, leur sang sur les barricades, vous refuseriez ici de verser à la République l'obole justement demandée ?

L'allusion aux 45 centimes lui fut fatale.

A bas l'impôt ! A bas l'emprunt forcé ! Va-t-il se taire !

– Ils vont l'égorger. Citoyen maire, intervenez !

Ce ne fut pas nécessaire.

– La Répu...

Il n'eut pas le temps d'achever. Aguillaume, dit le Dur, à bout de nerfs, avait levé sa pelle.

Alors on vit Denis Muyard, le régent de rhétorique du collège de Guéret, s'en aller à reculons, la cravate de travers, mais la tête haute, marmonnant : Rien à faire avec ces gens-là, puis tourner le dos et disparaître.

Arrivé sur les lieux, le préfet était exaspéré. La situation devenait insupportable. Le temps passait. Comment avait-on pu laisser ainsi se mêler les insurgés avec les premiers rangs de la défense ! Il fallait au plus tôt dégager la place. A nouveau Guisard intervint : avant de recourir à la force, ne fallait-il pas tenter une ultime démarche ? Que le citoyen préfet reçoive une délégation, les insurgés désigneraient des représentants. Il supplia. D'autres voix se joignirent à lui. Tout le monde s'énervait à présent. Le discours de Muyard avait eu un effet déplorable. Il fallait tout tenter pour ramener le calme.

En effet, l'euphorie était tombée. La fatigue, la soif, la faim se faisaient sentir. Des heures avaient passé. Le soleil de milieu d'après-midi était encore ardent. Et puis la ville restait toujours fermée. Presque tous ceux qui avaient essayé de passer avaient été refoulés. Après s'être heurté à une sentinelle farouche : « Une visite à votre vieille mère, ah ah, curé, on ne me la fait pas, reculez ou je tire ! », l'abbé Vacher avait tout de même réussi à amadouer un garde moins revêche. Quant à M. Chaumet, le supérieur du séminaire, une fois ses élèves renvoyés vers Ajain par des chemins détournés, il avait eu lui aussi bien du mal à entrer.

En revanche, la foule des paysans s'était disséminée en une sorte de vaste campement champêtre : les uns assis sur le talus, si possible à l'ombre d'un arbre, d'autres allongés dans les prés qui bordaient la route pour prendre un peu de repos. Un maçon de Neuville, qu'une femme avait accompagné pendant tout le trajet, disparut avec elle dans des buissons. Tous se sentaient las, épuisés par la chaleur, la longue marche. Certains n'avaient pas eu le temps de casser la croûte, le matin, dans leur hâte de monter à la ville.

Resté sur la route, Le Blanc, la soixantaine passée, cheveux longs et grisonnants, s'épongeait le front.

– Qu'est-ce que vous portez là, Le Blanc ?

C'était la voix de maître Lasnier.

– Ah, monsieur mon avocat, il faut vous dire que je coupais l'épine avec, quand les femmes sont venues me chercher.

– Donnez-moi ça. Il faut vous retirer de là, vieille bête, vous allez vous faire écraser. Et si vous en réchappez, il faudra que je vous défende une fois de plus. Merci bien. Venez plutôt avec moi boire une bouteille de vin blanc.

L'autre lui remit son gouyard. Lasnier le posa contre le tronc d'un peuplier et tous deux s'en furent à l'auberge Belon.

32

L'auberge Belon était pleine à craquer. Dans un brouhaha de voix, Marie Dorbois courait de la cave à la salle qu'elle traversait portant à bout de bras un plateau de verres. Gens de la ville et gens de la campagne entraient, sortaient et il en arrivait toujours d'autres. On se serrait autour des tables, on restait debout contre le comptoir. Les voix se mêlaient, patois, français, avec de temps en temps un éclat qui dominait le vacarme et retombait. Quelqu'un d'extérieur à la ville aurait pu croire que se retrouvaient là les gens d'une noce ou d'un enterrement, si ce n'avait été la présence de fusils, fourches, piques ou serpes alignés contre le mur ou que d'aucuns tenaient serrés entre les jambes.

Dans un coin, Ambaud, l'arquebusier, avait lié conversation avec Jacques Doutre.

– Fichtre, c'est une belle arme que vous avez là !

– Elle est à monsieur Boiron, le marchand de vin d'Ajain.

– Je sais.

– Comment ça ?

– C'est moi qui la lui ai vendue.

Et ils parlèrent cheminées, chiens, cran d'arrêt, amorces, grenaille, plomb à lièvre.

– Le plus beau fusil que j'aie eu entre les mains, voyez-vous, c'était un fusil à deux coups et à pistons, canons à rubans, bois de noyer, baguette en baleine, poignée ciselée et, imaginez-vous, une hure de sanglier sur la crosse, ça, c'était du fusil !

L'arquebusier s'arrêta, regardant autour de lui, et d'un air mystérieux, à voix basse :

– Je crois qu'il est dans votre camp, d'ailleurs, demandez voir, un jour, à Marceron de la Petite Baleyte.

Doutre confia qu'il était inquiet : des hommes armés laissés si longtemps face à face. Pourquoi ne rendait-on pas les prisonniers ? Alors tout rentrerait dans l'ordre.

Ambaud hocha la tête :

– Ça, voyez-vous, c'est de la politique. Mon pauvre ami, on ne nous a pas demandé notre avis là-haut, sur la place, avant de nous envoyer ici.

Doutre dit alors qu'il ne se servirait pas de son arme. Il ne l'avait empruntée que pour la mettre crosse en l'air.

Et à brûle-pourpoint, il posa la question : « Et vous ? »

L'arquebusier hésita, puis répondit qu'il n'en ferait usage que tant qu'il serait attaqué.

Il y eut un long silence.

– Eh oui, dit-il, en ce cas, je tirerai sans doute.

Il but une gorgée.

– Allez savoir, reprit-il, ce qu'un…

Mais il fut interrompu. Sabre en bandoulière, La Rochette, qui avait fait irruption dans l'auberge, se dirigeait droit vers Doutre. D'un ton précipité, il déclara qu'il fallait venir sur-le-champ, une délégation se formait à l'initiative du représentant Guisard. Le préfet l'attendait.

Ils partirent.

Ambaud les suivit d'un long regard mélancolique.

33

– Coignard, vous fermerez un battant et les ferez entrer un par un.

Et un par un, les paysans étaient entrés.

Le bureau était vaste et par de larges portes-fenêtres donnait sur les ombrages d'un jardin. Au mur, sur de hautes tapisseries au point d'Aubusson, jouaient, parmi les feuillages, bergers et bergères et guerriers en cuirasse, cheveux dans le vent ou casqués. Le parquet craquait sous les pas.

A voir de près ses interlocuteurs, le préfet fut surpris. A part les aubergistes Pauly et Bord qui ouvraient de grands yeux sur le luxe de la décoration et se tenaient un peu contraints et gênés, les autres ne semblaient pas décontenancés, pas même intimidés. Ils tenaient leur chapeau ou leur casquette à la main, par respect, comme ils l'auraient sans doute fait en entrant à l'église.

Ils regardaient le préfet, sans haine et sans méchanceté, avec même une sorte d'ingénuité, d'innocence. Lui, qui avait l'habitude de fréquenter toutes sortes d'individus, sentit qu'il n'avait jamais été confronté à de tels hommes auparavant. Ils échappaient à sa jauge.

Il parla longtemps, reprenant les mêmes arguments,

répétant les formules : soumission à la loi, maintien de l'ordre, crime contre l'Etat, mais il s'aperçut vite que les mots dont il usait glissaient sur eux. Les ouvriers qu'il avait connus étaient plus maniables, plus versatiles. Une métaphore bien enlevée pouvait les faire basculer. Ici, les têtes étaient plus dures, comme sculptées dans la pierre, inébranlables.

Il comprit qu'il ennuyait.

A la fin, il s'interrompit et, une fois de plus, la phrase lui échappa :

– Mais que voulez-vous donc ?

Ce fut Sylvain Amathieu qui répondit en roulant les *r* comme des cailloux : Qu'on nous rende nos prisonniers. Oui, qu'on nous les rende, répéta après lui Léonard Parot, laboureur de Moulantiers.

Qu'on nous les rende ! répéta Chevrier qui ajouta d'une voix forte qu'il était injuste de mettre en prison à cause d'une loi injuste. Que c'était attenter à la liberté des citoyens.

Le préfet l'examina. C'était un homme bien calé sur ses jambes, un ruban tricolore en sautoir, qui portait un sabre-briquet. Il fut surpris par la liberté du ton. Ce n'était pas de l'insolence, mais cela aurait pu en être.

Le préfet s'écria que tout cela était impossible, que la justice était saisie, qu'il ne pouvait plus rien. Et une fois encore, il leur ordonna de rentrer chez eux.

Ils dirent tous qu'ils ne repartiraient jamais sans leurs hommes, dussent-ils mourir.

Soudain, dans le silence qui suivit, quelqu'un émit un léger toussotement, comme pour s'éclaircir la voix.

C'était l'un des notables présents, maître Yvernault, huissier à Guéret. Il annonça qu'il avait une proposition à faire et se leva.

Le préfet le foudroya du regard. De quoi se mêlait-il, celui-là ?

Cependant, tous les yeux s'étaient posés sur le nouvel intervenant. S'exprimant avec calme et une certaine bonté dans la voix, celui-ci déclara qu'il offrait personnellement de se porter caution pour les prisonniers. Que ces quatre hommes soient aussitôt mis en liberté provisoire et qu'ils soient jugés en leur temps.

Dans la salle un souffle d'espoir passa.

– Impossible, s'exclama aussitôt le préfet, tapant sur son bureau du plat de la main, impossible ! C'est à la justice de trancher, à personne d'autre. Ces gens doivent rester à la disposition des tribunaux. La loi doit être respectée.

Et il sentit une colère froide le gagner. A ce moment, il aperçut un homme adossé au mur. Leurs regards se croisèrent. Cela ne dura qu'une seconde, peut-être, mais le préfet crut déceler dans l'œil de cet homme une réprobation apitoyée, presque compatissante. Plus que les paroles qu'il venait d'entendre, ce regard qui semblait le défier lui fit perdre son sang-froid. D'une voix précipitée, il cria : Rentrez chez vous ! Puis changeant de registre : Allons, mes amis, retournez dans vos villages, nous sommes là pour vous aider, la justice… Il perdait le fil de son propos. Rentrez, rentrez donc, répétait-il, tout en sachant que jamais il ne les convaincrait, qu'aucune raison ne les ferait changer d'avis, ni menace ni supplication.

Ils ne parlaient pas le même langage. Ni la force ni la douceur n'y changeraient rien. Soudain, fut-ce par dépit, poussé par on ne sait quel démon, il décida d'essayer la fantaisie, le léger, le piquant. Ce n'était pourtant pas son genre. Comme pris d'une subite inspiration, il fit une pirouette sur son fauteuil, se tourna vers les notables et prenant un air amusé :

– Et si nous les faisions raccompagner en musique ?

La proposition tomba dans un silence de mort.

C'est alors que l'homme qu'il avait remarqué s'avança :

– Citoyen préfet, nous avons plus besoin de pain que de musique.

La voix était grave, de ces voix qui vous atteignent au plus profond.

Le préfet pâlit. Il regarda l'homme avec une colère mêlée d'envie. En un instant, il eut l'impression de se dédoubler, comme s'il remontait les mois, les années. Non seulement cet homme venait de le ridiculiser en public, mais il lui avait volé son rôle. C'est ce qu'il aurait voulu dire, s'il n'avait pas été le préfet mais l'ancien révolté, le révolutionnaire, l'ardent défenseur des causes généreuses. Or, c'est l'autre qui parlait pour ceux qui réclamaient du pain. Lui, Bureau-Desétiveaux, n'était plus dans cette salle pétrifiée qu'un mauvais figurant en costume. S'il s'était vu à distance, il se serait sifflé.

Il fit un geste brusque et, d'une voix sourde, déclara que l'entretien n'avait que trop duré. La négociation était terminée.

Tous sortirent.

Le préfet resta seul, adossé à son fauteuil, immobile, fixant le vide.

« Nous avons plus besoin de pain que de musique. »

Il appela Coignard.

– Qui était-ce ?

– Qui donc, citoyen préfet ?

– Celui qui a parlé en dernier.

Coignard baissa les yeux.

– Ah ! C'est Jacques Doutre, de Pionnat, citoyen préfet.

– Qu'est-ce qu'il fait ?

– Il est maréchal.

– Maréchal ?

– Oui, citoyen préfet, il ferre les bêtes.

34

– Allez savoir, reprit Ambaud, se parlant à lui-même, ce qu'un homme peut faire quand il se sent en danger.

Et il reposa son verre.

Lasnier-Lachèze venait d'entrer en coup de vent dans l'auberge. On l'entendit s'écrier qu'il voulait porter à boire aux gendarmes, restés là-bas, stoïques, sous le soleil de plomb et l'œil sévère de Saint-Germier.

– Vous êtes bien bon, cria Le Blanc, moi, je les laisserais sécher sur place, ces canailles !

– Bah ! ce sont des êtres humains malgré tout. Et il cria : Marie, à boire !

Mais Marie, qui était descendue à la cave, remontait, toute rouge et poussant des cris perçants : elle venait d'y trouver un homme qui s'y cachait... Le voilà, disait-elle. En effet, il apparut, un peu penaud.

– Eh bien, vieux, on ne s'en fait pas ! crièrent ceux d'Ajain.

Tout le monde riait et, cette fois, le vacarme fut à son comble si bien qu'on ne s'aperçut pas qu'un garde national venait d'entrer timidement dans l'auberge. A son allure, on pouvait deviner qu'il ne fréquentait pas les cabarets. Des yeux, il fit le tour de la salle, comme s'il cherchait quelque chose ou quelqu'un :

– Vous n'auriez pas vu, par hasard, M. Lasnier-Lachèze ?

Mais personne ne l'entendait.

– M. Lasnier-Lachèze, de la préfecture…

Comme il allait repartir, il hésita. Il avait terriblement soif.

Alors il aperçut un paysan assis, le dos contre le mur, qui le regardait et lui faisait signe, montrant une place.

Il s'approcha.

L'autre enlevait des affaires.

– C'était la chaise à Debellut. Mais comme il ne revient pas…

– Debellut ?

– Oui, c'est mon ami. On nous voit rarement l'un sans l'autre.

Le garde n'osa pas refuser. Il réussit à se faufiler, puis voulut poser quelque part son fusil.

– Poussez ma fourche, dit l'homme, et mettez-le à côté.

Une fois installé, le garde s'épongea le front.

– J'avais pensé voir M. Lasnier-Lachèze, crut-il bon d'expliquer, c'est lui, voyez-vous, qui m'a donné ce fusil.

L'autre ne répondant pas, il se commanda à boire et resta un moment comme hébété, sans rien dire. Son vis-à-vis ne parlait pas non plus.

Quand la bière arriva, débordante de mousse, il but longuement, les yeux à demi fermés, s'essuya la bouche d'un revers de main et soupira.

Alors seulement il examina son nouveau compagnon.

Il fut frappé par la finesse de ses traits et le bleu très clair des yeux dans un visage hâlé.

– Quelle chaleur !

– Oui, rude journée.

Et le silence retomba.

– C'est de l'orage, vous pensez ?

– Non, mais il se pourrait bien qu'il pleuve pendant la nuit.

Et il y eut un nouveau silence.

– Une de ces petites pluies d'été, vous savez, qui, hélas, ne pénètrent pas.

Décidément, pensa le garde, en voilà un qui n'est pas plus bavard que moi. Et il but une longue goulée de bière.

Ils s'examinaient un peu, sous cape.

– Il me semble que je vous ai déjà vu.

– Tiens, moi aussi, j'ai la même impression. Je travaille chez Dugenest, l'imprimeur.

– Ah oui, l'*Abeille*. Je vous ai peut-être aperçu un jour de marché.

– Peut-être bien.

Etait-ce l'alcool, par cette chaleur, qui lui tournait la tête ? Il sentit soudain envers cet homme de la campagne, si discret, si simple et amical, un élan de sympathie, comme il en avait rarement eu. Il l'entendit parler de cette longue attente, cela n'en finissait pas, il n'avait rien mangé depuis l'aube, il n'avait pas même eu le temps d'avaler une soupe.

Il pensa qu'en d'autres temps il aurait pu l'inviter à la maison. Honorine aurait ouvert son buffet en grand.

– Je n'ai rien emporté avec moi. C'est dommage, nous aurions partagé.

L'autre remercia de l'intention et ajouta qu'il se rattraperait le soir.

– Laissez-moi au moins vous offrir à boire, et Michel commanda deux bières.

Ils burent longuement en silence.

Mais Lasnier-Lachèze traversait la salle, des verres plein les mains.

– Excusez-moi, dit Michel, puis après un moment

d'hésitation : Auriez-vous l'obligeance de garder mon fusil ? Je ne serai pas long.

Il sortit. Partout à ce croisement, des attroupements se formaient, puis se disloquaient. Beaucoup de paysans s'étaient allongés sous les peupliers, contre le talus. Les plus décidés, restés debout au milieu de la route, discutaient ferme. Il aperçut le maire et ses adjoints, remarqua un gaillard immense, portant une bisaiguë, un jeune garçon près de lui qui criait, et puis Louis Pascal, le petit tambour, tout exalté malgré la chaleur et qui sautait sur place comme à la fête, des femmes, des enfants. Il entendit dire que la délégation tardait à revenir de la préfecture. Pour certains c'était favorable, pour d'autres, au contraire, mauvais signe. Quant à Lasnier-Lachèze, il avait disparu.

Quand Michel rentra dans l'auberge, il aperçut son compagnon, resté à la même place, une main sur son verre, les yeux perdus dans un mauvais rêve, mais dont le visage s'éclaira quand il l'aperçut, comme s'il retrouvait une vieille connaissance.

– Ah, vous revoilà ! s'exclama-t-il. Quoi de nouveau ?

– Rien.

Michel n'osa pas parler de la délégation.

Il sentit que cet homme était, comme lui, inquiet et malheureux. Il le regarda avec affection et, tout à coup, il eut envie de lui toucher la main et de lui parler, de lui dire qu'il espérait que toute cette histoire finirait bien, que ce soir, il serait de retour dans son village, que sais-je ?

– Vous avez des enfants ? demanda-t-il soudain.

– Oui, toute une marmaille à nourrir. Ce n'est pas facile par ces temps. Ils sont encore trop petits pour nous aider.

– Vous êtes cultivateur ?

– En fait, je suis scieur de long. Mais comme vous savez, cette année, il n'y a pas eu d'embauche. Et puis… Il s'interrompit : Et vous-même, avez-vous des enfants ?

– J'en avais un. Mais il est mort.

– Oh pardon !

Il y eut un long silence.

– C'était un petit garçon.

– Pour sûr que je vous plains.

– Oui, ma femme ne s'en remet pas.

Michel avait relevé la tête. L'autre le regardait et il lut tant de tristesse et de bonté dans ses yeux clairs qu'il en fut bouleversé.

Alors passa entre eux cette compassion des gens qui ont été touchés par le malheur.

Soudain, il eut envie de s'épancher, de tout raconter à cet homme de la campagne qui lui paraissait si bienveillant et familier.

Il parla longtemps. Il lui dit que sa femme était du Peyroux, près de Saint-Vaury, qu'il l'avait rencontrée à la foire de Roches, qu'elle était la plus jolie, qu'il n'en revenait pas d'avoir été choisi, il raconta tout ce qu'il avait souffert, lui, l'enfant abandonné, l'hospice, la solitude, mais qu'en se mariant il avait cru que tout changerait et, en effet une nouvelle vie avait commencé ; seulement à présent sa femme était si malheureuse qu'elle semblait lui en vouloir à lui, pour la mort du petit…

Il aurait désiré mieux raconter, mais il se sentait maladroit avec les mots. Il conclut brutalement :

– Les femmes, c'est compliqué.

– Oui, c'est gentil, mais compliqué.

– C'est surtout têtu, la mienne du moins.

– Oh la mienne aussi. Capricieuse comme une chèvre.

Ils se regardèrent. Leurs yeux souriaient de malice.

– Ainsi moi, ce matin, elle était colère de me voir partir. Elle voulait que je reste à la maison.

– La mienne aussi était colère, mais elle me poussait dehors au contraire. Elle m'a même dit, tenez-vous bien, que j'aille coucher ailleurs si je ne ramenais pas les…

Il hésita sur le mot, craignant d'offenser, et se reprit : Si je revenais les mains vides.

Mais ils se comprirent.

On entendit alors une voix crier dehors : Tous à vos postes !

– Il va falloir y aller, dirent-ils.

Ils se regardèrent.

– Il faudra venir me voir à Ajain. Vous demanderez Lionnet Louis, le scieur de long. On vous indiquera le chemin.

– Je vous le promets. Si vous passez rue du Marché, entrez à l'atelier, demandez Laforest Michel, le typographe.

– C'est dit ! Il ajouta : Ne soyez pas trop chagrin, je veux dire, pour le petit. Je suis sûr que vous en aurez un autre.

Ils se serrèrent la main.

Et se séparèrent.

Ils allaient dans des directions opposées.

Michel cria :

– Merci pour le fusil !

Il entendit : « C'était de bon cœur ! » ou crut l'entendre.

Il y avait tant de bruit.

35

La délégation qui venait de quitter la préfecture se dirigeait vers la place d'Armes.

En cours de route, Bord, l'aubergiste d'Ajain, au lieu de suivre le groupe et de rejoindre la route de Moulins, s'engouffra pour se rafraîchir dans le café Chevaliéras.

Là, il retrouva Barnicot qui n'avait pas décoléré depuis le matin et criait aux quatre vents :

– Nous lui devons tout, au paysan, tout, vous m'entendez, le pain qu'on mange, le vin qu'on boit, le foin que mâchent nos chevaux, où irions-nous sans nos chevaux, hein ? et penser qu'on le fourre en prison, le paysan, pour le remercier de tout ça !

Et il poussait de grands ah désolés et tapait du poing sur la table. Il avait bien tenté d'empêcher celui-ci ou celui-là de se rendre à la convocation, mais la plupart disaient : C'est qu'il y a les ordres. Les ordres, ils n'avaient que ce mot à la bouche, tas de lâches !

Pendant ce temps, la délégation, délestée de Bord, avait rejoint le carrefour des routes. Là, ils virent tous ces visages tournés vers eux, inquiets, en attente du résultat. Aussi bien ceux de la ville que ceux de la campagne se tenaient immobiles, muets, avec encore dans les yeux une lueur d'espoir.

Quand les délégués furent plus près, leur démarche, leur mine désappointée, leur gêne ou leur colère firent comprendre que l'entrevue n'avait pas abouti. Ceux qui ne voulaient pas se résigner demandèrent :

– Et alors ?

– Alors, rien.

Et les délégués faisaient non de la tête. Non, la ville ne voulait pas rendre les prisonniers. Non, la ville restait barrée, fermée, bloquée dans ce non. Et tous surent, gardes nationaux et paysans, que la rencontre avait échoué.

Accablé, Jacques Doutre alla s'asseoir contre le tronc d'un peuplier, sur le bas-côté de la route, face à la première ligne des sapeurs-pompiers. Sarciron, boulanger à Guéret, qui le connaissait, lui adressa un signe interrogatif des yeux. Doutre fit de la main un geste désabusé. Puis il posa son fusil, à sa manière accoutumée, crosse en l'air, enleva sa casquette et se prit la tête dans les mains.

Un murmure parcourait les rangs, tel un vent qui se lève, annonciateur d'orage. Certains paysans sentirent cette fois une grande lassitude leur tomber comme une masse sur les épaules. Jusqu'ici ils avaient, malgré la chaleur, la faim, tenu bon, avec cet espoir au cœur de remplir une mission, un devoir, tous ensemble. Mais ce nouvel échec, après quatre, bientôt cinq heures d'attente, de discours, d'échanges vains, sous ce soleil de juin, souvent le ventre vide, et pourquoi ? pour rien, non, cela n'était plus supportable. Et certains dirent : Autant rentrer chez soi, à maison…

Mais d'autres, au contraire, sentirent monter en eux une colère irrépressible, pour qui les prenait-on à la fin, à les faire ainsi languir, à ne feindre de les écouter que pour mieux les humilier ? Ils crièrent à nouveau : Nos hommes ou la mort ! Puis : Forçons le barrage ! « Oui, forçons le barrage ! déclara Pauly et il ajouta, baissant la voix : Il n'est d'ailleurs pas si épais, je l'ai traversé tout à l'heure, et on ne sait même pas si les armes sont chargées, et comme je vous l'ai dit et répété, n'ayez crainte, certains m'ont assuré qu'ils ne tireraient pas ! », et on le vit passer de groupe en groupe, distribuant des paroles de colère et laissant derrière lui un long sillage d'agitation.

Alors des piques, des fourches se dressèrent, qu'on avait avant posées sur le talus.

Préfet, maire, magistrats, députés étaient eux aussi revenus au carrefour des routes et se consultaient.

– Hélas ! Il ne suffira plus que d'une étincelle, murmura maître Marcelot.

– Tout est perdu ! soupira M. Yvernault.

Au comble de l'exaspération, Bureau-Desétiveaux arpentait nerveusement ce morceau de carrefour de long en large. Il se rendait compte que dans cette confusion, avec ces hommes des deux camps ainsi barbe à barbe et poitrine contre poitrine, quand ils n'étaient pas mêlés, la première compagnie n'aurait pas assez de champ pour tirer en cas d'urgence. Il fallait se résoudre à appeler les gendarmes pour dégager la place. Il leur fit donc donner l'ordre de se tenir prêts. Les gendarmes montèrent en selle et les chevaux frémirent.

Alors, une fois de plus, Guisard intervint, secondé par Lassarre et Pastoureau. Un geste, un dernier geste : puisqu'on avait parlé de pain, que ces paysans voulaient du pain, eh bien, du pain, pourquoi ne pas leur en donner, distribuer des provisions. Cela détendrait l'atmosphère, détournerait l'attention et pourrait éloigner du carrefour cette foule qui l'encombrait. Et ils discutèrent tous à voix basse.

– Du pain, du pain, déclara le préfet, d'une voix froide et avec quelque condescendance, s'ils réclament du pain, qu'on leur en donne, mais faites en sorte qu'ils s'en aillent !

Aussitôt le garde des Eaux et Forêts, le pas long, la mine engageante, se dirigea vers les groupes de paysans parmi les moins agités : voilà, on allait leur donner à manger et à boire...

– A manger et à boire ? s'écrièrent-ils, incrédules, mais déjà, les visages s'éclairaient : à manger et à boire, enfin !

– Oui, reprit Pastoureau, mais à une condition...

et il leva le doigt.

– Laquelle ?

– Que vous vous retiriez au Pont-à-la-Dauge ! Du pain, du vin, mais au pont.

Il y eut certes quelques murmures, mais d'aucuns, résignés, tournaient déjà le dos, tandis que les plus engagés leur criaient :

– Lâches ! Ne cédez pas !

– Vont-ils dégager la route, à la fin ? gronda le préfet, et il lança l'ordre : Une formation ! Faites une formation !

C'est à ce moment précis que s'opéra parmi la foule des paysans un mouvement extraordinaire, une sorte de poussée colossale, un remous d'une grande violence, qui rejeta ceux du milieu sur les côtés, fit remonter ceux qui déjà descendaient, en des courants de flux et de reflux incontrôlés, comme dans des rapides se forment de soudains tourbillons emportant tout sur leur passage.

Une masse nouvelle se ruait en avant, qu'on n'avait pas entendue venir, et une clameur monta :

– Ladapeyre !

Ils arrivaient. Ceux de Ladapeyre. En retard, mais ils arrivaient tout de même. Leurs premiers rangs s'enfonçaient comme un coin dans cette foule et certains jouaient des coudes et des épaules pour gagner du terrain et mieux voir ce qui se passait.

Ils étaient descendus de Montcheny et de Bordessoule,

du Coudard et de la Chassagne, des Boueix et de Chabanne, de la Cube et des Peux près les bois de la Dame, avec leurs fusils, leurs fourches, leurs gouyards, et ils avançaient sans comprendre pourquoi ni comment la voie leur était ainsi barrée.

– Dégagez la route ! hurla le préfet.

Et il donna l'ordre au maire de faire les sommations.

Alors les trois tambours de la ville se faufilèrent et vinrent se poster sur le devant de la première ligne des gardes nationaux, face aux paysans.

Martial Betoulle se pencha vers Louis Pascal, le tambour :

– Va-t'en vite, petit, il va y avoir du mal !

– Non, mon lieutenant, vous y êtes bien, je reste !

En face, le grand Lizet se retourna vers le jeune Laurent :

– Attention, mon garçon, tiens-toi bien derrière moi, que je te protège.

Et soudain retentit le premier roulement des tambours.

Il domina le vacarme, l'engloutit et crépita avec une violence sinistre, trépidante, criant la menace et la bataille, le prélude au fracassement et à la guerre, brisant toute incertitude, cassant l'atermoiement ou l'indulgence, frappant l'air telle une grêle de pierres.

Ce fut comme si, portées à leur point culminant, la détresse et l'exaspération n'avaient attendu que cette vibration ultime et fatale pour éclater.

A cette minute, tout bascula. Les tambours n'eurent même pas le temps d'achever. Leur fracas fut soulevé, emporté, anéanti.

Ce fut la charge. Les paysans se ruèrent en avant et se jetèrent sur les baïonnettes.

Les paroles encore sur les lèvres, le garde Pastoureau se sentit agrippé par-derrière, au col de sa veste, par un homme d'une force prodigieuse qui, le soulevant de terre, le porta à bout de bras sur plusieurs mètres :

– Ah tu voulais déranger les nôtres avec ton pain, canaille !

pour aller le jeter comme un sac dans les rangs de la garde nationale.

Au même instant, un coup de feu claqua, lacérant l'air d'une déchirure irréparable, suivi presque aussitôt d'un second coup.

Alors monta un cri terrible ; qui le poussa ? par-dessus les têtes, par-dessus les armes, par-dessus cette mêlée d'hommes déjà aux prises.

Un cri en patois :

Ani youp ! Enlevan lou !

hurlé, clamé, jeté aux soldats d'en face, aux soldats de la ville, soudain devenus l'ennemi, l'étranger, l'assailli. Ordre d'attaque pour enlever le barrage, pour foncer.

Et ils foncèrent.

Avec une énergie inouïe, ils foncèrent à l'assaut de ces hommes qui leur barraient l'entrée de la ville.

Tout se passa en quelques minutes. La baïonnette parait la fourche, le sabre, le gouyard. Corps-à-corps terrible : cris, hurlements de défi ou de peur, choc du métal, dureté du tranchant de la faux ou de la serpe, crochet de bisaiguë ou de hallebarde. Dans cette attaque d'un autre âge, les sapeurs-pompiers furent saisis d'épouvante. Une fourche de fer en avait attrapé un entre ses deux brins par le col et le traînait comme un paquet de foin. Tandis qu'un autre roulait à terre, le fusil partit et une femme s'écroula dans un cri.

On hurlait à Guisard : « Retirez-vous, vous êtes entre deux feux ! »

Assommé d'un coup de poing, un officier, le casque

tombé à terre, se releva, visa son assaillant à l'affût près d'un peuplier, et tira.

– Là, mon lieutenant, à votre droite ! criait le petit tambour.

Un genou en terre, un paysan mettait en joue. Le lieutenant fit feu. En un terrible soubresaut, l'homme sembla se cabrer puis, lâchant son fusil, s'écroula.

C'est au centre que la charge fut la plus terrible : gouyard, fourche et pique en avant, trois hommes s'étaient rués sur les baïonnettes, ouvrant un chemin, comme un sillon dans un grand champ d'herbes, avec une fougue si inouïe que, dans leur élan, ils enfoncèrent rang après rang pour se trouver loin en avant. La cible était facile. Le premier visé fut le porte-drapeau de Rameix, touché en pleine tête, criblé de balles, puis les deux autres furent foudroyés à leur tour. Tous les trois s'écroulèrent au pied du drapeau de la ville.

En quelques instants, les sapeurs-pompiers enfuis et la première compagnie complètement enfoncée, le champ se trouva dégagé.

Alors, tous à la fois, les fusils de la deuxième compagnie se dressèrent.

Une voix hurla :

– Ne tirez pas, surtout ne tirez pas !

Et ils tirèrent.

Sans commandement, ils tirèrent. Feu de peloton, et ce feu partit en rafale, broyant ces hommes armés de piques et de bâtons. Et au même moment, les soldats de la Remonte se joignaient à eux, tir précis, saccadé, à bout portant sur ceux qui étaient là, devant eux, ou sur les bas-côtés, des bâtons à la main, prêts parfois à rebrousser chemin et qui tournaient le dos, ou bien qui faisaient face, stupéfaits, les yeux écarquillés d'étonnement, et tous tombaient, fauchés par cette machine en folie.

Cris, hurlements, gémissements, plaintes rauques se mêlaient.

En quelques secondes, la route, à ce carrefour, fut entièrement nettoyée, enveloppée d'une brume sale.

Quand la fumée se dissipa, il n'y avait plus, face à la garde nationale, qu'un grand vide, une trouée béante où le sol était jonché de cadavres, d'objets brisés, de lambeaux de vêtements. Couverte de sang, la route était devenue rouge et glissante.

Pâle, le lieutenant Betoulle alla voir l'homme qui l'avait mis en joue. Il ramassa le fusil.

C'était un fusil ensanglanté, avec une simple ficelle pour bandoulière. Et il vit qu'il n'avait pas de pierre et il vit qu'il n'était pas chargé.

– Oh mon Dieu ! gémit-il

en regardant le sang sur ses mains.

36

Le long des peupliers, les paysans fuyaient, courant vers la campagne, dévalant la côte de Bellevue à perdre haleine, hagards, les yeux fous.

A ce moment, Saint-Germier se dressa sur ses étriers :

– Ouvrez les rangs, à la charge !

Et au galop, la gendarmerie s'élança, dévalant la côte, dans un fracas de sabots et un feu d'étincelles, sabre au clair.

Ils ratissèrent, rattrapant les fuyards, sautant les barrières, les fossés, encerclant la ferme de Bellevue, fouillant la lande de Charsat, s'engouffrant dans les charrières et les chemins creux.

Cependant, restés au carrefour, des gardes nationaux, se tenant le ventre à deux mains, vomissaient dans le fossé.

On vit Jacques Doutre se relever, tel un spectre, blême, les yeux pleins d'horreur, soutenu par une femme, il vacillait et on le crut grièvement blessé.

Maître Marcelot avait entendu la fusillade et pensé qu'on avait tiré en l'air. Lorsqu'il aperçut la route couverte de sang, il en perdit un instant la raison et tomba à genoux, martelant le sol de ses poings.

L'appétit aiguisé par la débandade, quelques gardes, ivres de poudre, fusil au poing, se lançaient dans la chasse et la curée, avec d'autant plus d'ardeur qu'ils avaient eu si peur auparavant. Gaillard, l'ancien maire, courut se planter au milieu de la route, attrapa un jeune paysan par le bras, le mit derrière lui et cria :

– Ne le tuez pas ! Il est sans arme et sans défense. N'avez-vous pas de honte ?

Ebahis, comme dégrisés, les gardes nationaux baissèrent les yeux.

Et, se retournant, il demanda :

– Comment vous appelle-t-on ?

Mais l'autre n'arrivait pas à articuler le moindre nom.

Gaillard répéta plus doucement la question.

Alors il dit qu'il s'appelait Dubois, et qu'il était poseur de pierres à La Trémouille.

– Emmenez-le, mais ne touchez pas à un cheveu de sa tête. Je réponds de lui.

Et ils remontèrent vers la ville.

Là, quelqu'un poussait des cris terribles. Tout le monde regardait un homme qui hurlait en agitant les bras.

C'était Barnicot.

– Assassins, vous avez tué vos frères ! Vous êtes tous des massacreurs ! Ah ! Donnez-moi un fusil que je vous tue, un fusil, un fusil !

Et il tentait d'arracher son arme à un garde national.

Un capitaine voulut l'arrêter, mais il n'en eut pas le temps. Une femme, poitrine vaillante, chignon en bataille, l'œil étincelant de colère, le prenait dans ses bras.

– Arrière, bandits ! Laissez-le ! Il est à moi !

Le capitaine n'osa pas s'approcher d'elle, bougonna entre ses dents :

– En voilà un qui ne perd rien pour attendre. Déserteur et en plus, il est ivre.

– On entend parfois la vérité dans la bouche des

ivrognes, rétorqua un officier. Tiens, vous en voilà un autre !

Criant lui aussi, un garde se présentait, fusil à la main, comme fou de rage.

– C'est moi, Gerby, regardez-moi !

Et il jeta son fusil par terre, enleva sa veste, déchira sa chemise, et la poitrine nue :

– Tuez-moi ! Mais tuez-moi donc ! Tas de lâches, qu'attendez-vous pour me tuer, moi aussi ?

On n'osa pas l'arrêter.

Il partit en pleurant.

Le préfet, le maire et les notables de la ville étaient sortis du fossé où ils s'étaient abrités le temps de la fusillade.

Bureau-Desétiveaux était livide. Il fit quelques pas sur la route et le maréchal des logis Claverie, du dépôt de Remonte, s'approchait pour lui parler quand surgit on ne sait d'où un homme âgé, vêtu pauvrement, qui se mit entre eux et déclara à haute voix :

– Pendant vingt ans, j'ai fait la guerre en Espagne, vingt ans, vous m'entendez, eh bien, jamais je n'ai vu pareil acte de brigandage !

Le maréchal des logis voulait intervenir, mais il vit que le préfet, qui avait entendu, restait sans mot dire, les yeux dans le vide, si bien qu'il se tut et ne bougea pas. D'ailleurs, quand il regarda où l'homme s'en était allé, il ne le vit plus. Tel un fantôme, il avait disparu.

Cependant le préfet secoua la tête, comme s'il voulait chasser une pensée mauvaise, et se dirigea à grands pas vers la préfecture.

Quant au maire, il courait sur la route, se tenant l'épaule d'une main, et appelait les gardes, criant :

– Ramassez les morts ! Les morts, je les veux tous !

Du haut de son cheval, Saint-Germier, qui surveillait

les opérations, lui jeta un regard glacé, puis détourna les yeux.

– Les morts, les morts, vous m'entendez. Il me les faut. Qu'il n'en manque pas un !

37

Il essaya de se relever. Dans le fracas des détonations, il avait dû tomber, foudroyé. Il ressentait encore cet état d'anéantissement de son être, une torpeur lourde, accablante qui l'avait plongé dans une sorte d'abîme.

Etait-il mort ou vivant ? Il ne se souvenait de rien.

Non loin de lui, à ras de terre, montaient des râles, des gémissements.

Dans ce fossé, encombré de broussailles et de feuilles mortes, il sentit contre lui un corps qui pesait d'un poids énorme en travers de ses jambes. Une odeur de fumée et de poudre lui montait aux narines. A ce moment, lui revint avec précision la terrible vision du cauchemar où déferlaient au galop les ombres immenses des chevaux noirs.

L'une après l'autre, il dégagea ses jambes, puis, d'instinct, se toucha la poitrine.

Alors il sentit quelque chose de poisseux qui lui collait aux doigts. Il en respira l'odeur et regarda ses mains.

Du sang. Il avait les mains pleines de sang.

Il était donc touché.

Peu à peu l'image du mauvais rêve se dissipait et la réalité lui apparut.

De tous côtés il se tâta. Puis releva la tête.

En écho au martèlement qu'il entendait encore, il percevait à présent le vrai galop de vrais chevaux passant sur la route.

Il frissonna.

Alors il observa le corps allongé à côté de lui.

Doucement il appela.

Il n'y eut pas de réponse. C'était comme si l'homme était endormi.

Il se traîna tout près. Allongé, face contre terre, l'autre avait dû rouler lui aussi dans ce fossé.

Soudain, il crut reconnaître la veste, l'implantation des cheveux, la carrure du dos.

Il le retourna.

– Perrin ! chuchota-t-il.

Et ajouta :

– Perrin, c'est moi, Sylvain... Sylvain Amathieu.

Puis, la voix étranglée :

– Perrin, réponds-moi !

Il vit que l'homme avait un œil grand ouvert. Un œil terrible. Gris, translucide, béant sur le vide. L'autre, sous la paupière collée, ne se voyait qu'à demi.

Il le tâta. Il était chaud, mais tout empoissé par-derrière.

Il pensa : On lui a tiré dans le dos. C'est son sang que j'ai sur les mains. Ainsi, on lui avait tiré dans le dos. Tiré dans le dos. Il se le répéta plusieurs fois.

Le soleil restait encore haut dans un ciel très clair, mais il se sentit enveloppé de ténèbres glacées. Maria, oh Maria ! murmura-t-il.

Des chevaux remontaient lentement vers la ville et le martèlement de leurs sabots s'accompagnait de bruits de pas. D'instinct, il se recroquevilla et baissa la tête.

Il entendit des cris de femmes. Ils arrêtaient aussi les femmes.

Il comprit qu'il fallait fuir, le plus vite possible, à cette minute même, s'il n'était pas déjà trop tard, s'éloigner de cette route maudite, remonter le talus, passer de l'autre côté, par la haie.

Aux aguets, il se redressa, s'arc-bouta sur ses jambes et traîna Perrin jusqu'à l'endroit où la pente serait moins raide.

A ce moment, il s'arrêta. Il entendait d'autres cris, il sortit la tête et aperçut à quelque cinquante pas de lui un groupe de paysans débusqués qui s'égaillaient comme un vol de moineaux effrayés et dévalaient la route en hurlant. Un gendarme à cheval s'était mis à leur poursuite et il pensa : Ils n'ont aucune chance.

C'est alors qu'il vit l'un des fuyards se retourner brusquement et faire face. Il tenait une longue fourche de fer à la main. Il était très grand, très fort, mais il paraissait immense, grandi encore par cette fourche qu'il brandissait. Il le regarda mieux, le reconnut et se pencha :

– Perrin, Perrin, c'est Aufaure, tu sais, le Jacques, de Villechaud, ah il leur tient tête, le bougre !

Calé sur ses jambes écartées, rivé au sol, l'homme tenait serrée dans sa main la fourche, pointes de métal en avant, étincelant dans le soleil, à la hauteur du poitrail du cheval, comme s'il voulait embrocher la bête.

Arrêté en plein élan, le cheval se cabra, épouvanté, en hennissant, pris de peur devant cet être surnaturel, surgi du fond de la terre et qu'il ne connaissait pas.

En même temps, le gendarme sentait sous lui sa monture se hérisser d'effroi. Lui-même était décontenancé, surpris par une telle attaque. Jamais auparavant il n'avait rencontré pareille situation ni semblable adversaire, aussi fort, aussi farouche. Il hésita. Peut-être l'homme lui en imposait-il, par sa carrure, son audace, sa générosité qui avait permis la fuite à ses compagnons. Il tenta de se déplacer à gauche, puis à droite, de faire faire volte-face au cheval, de prendre le paysan à revers, mais l'autre manœuvrait avec une habileté extraordinaire, se retrouvant chaque fois face au poitrail de l'animal qu'il fixait dans les yeux d'un regard aigu, intense, comme si le combat ne concernait personne d'autre, comme si un jeu à la fois de mort et de connivence se jouait seulement entre eux deux, la bête et l'homme.

Pas à pas, le paysan commença à reculer, lentement, la fourche toujours pointée en avant, comme pour protéger une retraite inespérée.

Le cheval hennit à nouveau, secouant sa crinière d'un mouvement nerveux de la tête, les yeux fous.

Et pendant tout ce temps, aucun mot ne fut échangé.

A la fin, le gendarme rengaina son sabre et brandit son pistolet.

Mais le paysan ne bougea pas.

Alors le gendarme fit feu, tirant en l'air.

Mais le paysan ne bougea pas.

Il demeura immobile, fixant toujours le cheval dans les yeux, tenant la fourche dressée, les dents de fer en avant, prêtes à crever la peau et s'enfoncer dans la chair.

Le cheval fit un saut d'un côté, puis de l'autre, levant haut les genoux et piaffant, et l'infernal ballet recommença.

Alors le gendarme tira en l'air un second coup de pistolet.

Mais le paysan ne bougea pas.

On entendit une galopade qui venait de la ville. Alertés par les deux détonations, accouraient d'autres gendarmes. Comme médusés par le spectacle, ils restèrent là, en demi-cercle, les yeux rivés sur cette lutte muette qui n'en finissait pas. On entendit :

– Il ne l'aura pas !

– Jamais il ne le prendra.

A la longue, l'un se détacha du groupe pour prêter main forte.

– Mon Dieu, ils vont l'avoir, les canailles, murmura Sylvain. Mais non, il résiste, c'est inouï, ah Perrin, je voudrais tant que tu voies ça !

Le paysan tenait tête aux deux hommes à présent, faisant voltiger sa fourche d'une main à l'autre avec une vélocité insensée.

Exaspéré, le gendarme chargea à nouveau son pistolet et, cette fois, abaissa l'arme sur l'homme. Il voulait toucher les jambes. Le coup partit.

Pourtant, même après le coup, le paysan, sans lâcher la fourche, resta debout, comme si elle faisait partie de lui, ou comme si c'était lui qui y était accroché.

Une voix retentit :

– Maréchal des logis Pialut, faites-lui lâcher sa fourche, à la fin ! Donnez-lui un coup de sabre !

C'était la voix de Saint-Germier qui avait quitté son poste pour venir voir.

Alors Pialut dégaina, se pencha sur l'encolure de son cheval, sabre pointé en avant, décidé à en finir.

Soudain, il s'arrêta et abaissa son arme. Il venait de s'apercevoir que le manche de la fourche se teignait de sang et le sang était si abondant, qui ruisselait du bras de l'homme, qu'il remontait dans ce bois comme une sève.

Ainsi, il l'avait touché au bras. Le paysan vacilla. Il eut encore la force de lancer sa fourche par-dessus le fossé, par-dessus le talus et la haie, jusque de l'autre côté, dans le champ.

Alors seulement il se rendit.

– C'est fini, Perrin, dit Sylvain d'une voix étranglée, c'est fini. Ils l'ont pris, le Jacques Aufaure. Ils étaient à cinq contre un. Ils l'emmènent à présent, mais s'ils croient qu'ils ont gagné, c'est faux, Perrin, c'est faux. Cinq gendarmes armés de pistolets et de sabres contre un seul homme en sabots. Non, non, c'est lui, tout ensanglanté, avec sa simple fourche, c'est lui qui était le plus fort. Je te le dis : c'est lui le plus fort, hein, tu comprends ça, toi, Perrin ?

Cependant le groupe remontait vers la ville et, peu à peu, on ne les entendit plus.

– Ils sont partis, viens, Perrin, à nous de jouer à présent.

Il fallait se hâter. Aufaure avait fait diversion, mais les gendarmes reviendraient. On entendait au loin des voix, des cris, un roulement de voiture, un chariot sans doute. Il crut apercevoir des silhouettes penchées et pensa que des gardes ou des gens de la ville étaient venus ramasser les blessés et les morts.

Il escalada le talus, des mains et des pieds écarta, écrasa ronces et épines et se fit une trouée dans la haie, comme une passée de bête. Il hissa Perrin, glissant un de ses bras autour de son cou, escalada avec lui le talus, puis rampa et le tira pour lui faire traverser la haie ; les ronces lui déchiraient la figure et les mains. Arrivé enfin de l'autre côté, dans un pré, il respira longuement. Il allongea Perrin sur l'herbe et s'essuya le front.

A ce moment il entendit à nouveau le galop des chevaux. Ils revenaient.

Ils passèrent, quand soudain l'un d'eux fit demi-tour, revint en arrière, comme s'il avait repéré quelque chose, et s'avança vers le fossé.

La haie, pensa-t-il, il n'avait pas rebouché la haie.

Le cheval, parvenu à leur hauteur, ralentit le pas et s'arrêta.

Il crut sentir l'ombre immense du cheval.

Il ferma les yeux.

38

– Ecrivez, Coignard.

Sourcils froncés, le préfet dicte, arpentant son bureau, les mains derrière le dos.

– Le malheur prévu est arrivé, et demain, si je n'ai pas de forces suffisantes, la ville de Guéret sera mise à feu.

Il s'est approché de la fenêtre. Coignard a relevé les yeux.

– Mise à feu, répète-t-il.

Les morts jonchent le terrain, c'est la guerre civile avec toutes ses horreurs…

– Avec toutes ses horreurs, répète Coignard.

– Des troupes, général…

Soudain, le préfet a serré ses mains l'une contre l'autre, puis fait craquer ses doigts et clame : Des troupes, des troupes !

Coignard a relevé la tête.

– Je l'écris trois fois ?

– Mais non, une seule. *Ne perdez pas une minute.*

– Je vais aussi vite que je peux.

– C'est le texte, Coignard ! Où avez-vous la tête ?

Ne perdez pas une minute. La garde nationale est découragée ; chaque garde national rentre chez lui pour y défendre sa famille. Le tocsin sonne dans vingt communes.

Salut et fraternité.

Vous avez daté ?

– Oui, citoyen préfet, du 15 de ce mois, 6 heures et demie.

Il relit et signe.

– Parfait. Vous envoyez cela au général de la subdivision de Limoges.

La porte allait se refermer.

– Allez donc faire un tour en ville pour flairer le vent et revenez me tenir au courant.

Une fois seul, le préfet se laissa tomber dans son fauteil et se prit la tête dans les mains.

Il entendait encore le fracas des détonations, les cris. Que s'était-il donc passé ? Tout cela si vite, en quelques minutes. Les gendarmes auraient dû charger. Coups de sabre, horions, des jambes cassées, quelques crânes bosselés et c'eût été fini. Mais là, cette bataille, fulgurante ! Et toutes les victimes dans le même camp !

Derrière la grille de la préfecture, à l'intérieur de ces murs, soudain il se sentit en danger. Face à lui, sur la tapisserie, un guerrier sous le casque grimaçait, tel un masque de tragédie. Une sorte de menace venait d'envahir la pièce. Seul, comme il était seul dans ce bâtiment, dans cette ville !

Qu'était-il venu faire, aussi, loin de tout, dans ce pays perdu ? Envoyé dans la Creuse début mai, il avait été nommé préfet six semaines plus tard. Il aurait dû refuser ce poste. Les gens d'ici lui avaient aussitôt paru bizarres, imprévisibles. Ils se donnaient du « citoyen » gros comme le bras, mais avec un petit air pince-sans-rire, une indépendance de ton qui les singularisait. Même dans leurs disputes, ils semblaient se donner le mot, l'air de dire : Nous sommes entre nous, cela ne vous regarde pas. Ainsi, il avait, par principe, fait confiance à la Garde nationale et il l'avait mise en première ligne, mais ici, il aurait dû se méfier. Ne lui avait-on pas signalé des cas d'indiscipline, de beuveries. Il savait que la pagaille et la négligence y régnaient. Ces artisans n'avaient aucun sens de l'égalité et de l'obéissance. Sous le shako, ils avaient l'air déguisés pour un carnaval. En outre, leur commandant n'aurait pas dû laisser approcher les paysans si près. Il le dirait si jamais on lui demandait des comptes.

Si jamais… Il mettrait en avant l'entêtement des paysans. Il cherchait à les qualifier, comme si déjà on l'accusait : rebelles, insurgés, réfractaires, ignares, ensauvagés, la tête plus dure que la pierre, nulle part on ne trouverait pareils butés, sauf peut-être en Bretagne, et encore On les avait reçus, on leur avait proposé du pain. Du pain ! Il revit le visage de Doutre. Penser que tout à l'heure, il était là, dans cette encoignure. Il sentit la colère monter en lui.

Il dirait que ces barbares voulaient brûler la ville, oui, il dirait que les hommes avaient l'intention de piller les caves à vin et les paysannes les magasins de frivolités. Ajouter qu'ils avaient été inspirés par les idées rétrogrades d'un clergé décadent, non, l'idée n'était pas bonne, plutôt manipulés par les forces de la contre-révolution, c'est cela, la réaction éhontée. Si on lui demande de citer des noms, il répondra que ces gens-là justement se terrent dans l'ombre, d'autant plus redoutables qu'ils demeurent cachés. Il se trouvera bien des républicains assez zélés pour feindre d'y croire. Il sentit monter à ses lèvres toute une plaidoirie. N'était-il pas la loi, et vous en conviendrez, citoyens, force est restée malgré tout à la loi !

Il s'essuya le front, se rassit. Il se sentit tout à coup accablé. Au mur, le guerrier grimaçait toujours. Il pensa : Ainsi, il suffit d'un trait de plume, et quelqu'un à Paris promulgue une loi, la fait ratifier, et les autres, comme lui, sur le terrain, sont chargés de l'appliquer. Préfet depuis dix jours. Dix jours seulement.

Seul, seul, seul ! Personne à qui faire confiance. « Méfiez-vous des gens à double visage. »

Il a sonné.

Coignard arrive, l'air empressé.

– Je croyais vous avoir dit de me rendre compte de votre mission.

– J'arrive, citoyen préfet. J'arrive juste. La lettre est partie.

– Et en ville, l'ambiance, que dit-on ?

Coignard hésite un peu, tousse dans le creux de sa main.

– En ville, eh bien, cela ne semble pas aller très fort, mais après le choc, c'est assez normal. Il y a un signe qui ne trompe pas : les cafés sont pratiquement vides. Les gens se hâtent de rentrer chez eux.

– Ils ont peur, bien sûr, du retour des rebelles. Car la ville, rendez-vous compte, Coignard, la ville est ce soir sans défense !

– Ce n'est pas tout à fait cela, citoyen préfet. Après ce qui s'est passé, personne ne croit vraiment que les paysans vont revenir, non, si vous permettez, c'est plutôt la consternation. Beaucoup sont mécontents. Ils ont presque tous des parents dans les campagnes. Ils disent, enfin certains que j'ai entendus, qu'on n'aurait pas dû tirer sur ces malheureux.

Le préfet croit entendre : Assassins, vous avez tiré sur vos frères !

– Ce sont les agitateurs qui leur ont mis ça dans la tête. Ah ! ce Barnicot, il faut l'arrêter.

Coignard se plia en deux.

– Si j'en crois ce que j'ai entendu, ce sera bientôt fait.

Le préfet examina Coignard de la tête aux pieds, d'un air agacé.

A ce moment, la cloche de l'église se mit à sonner à coups précipités.

Le préfet se leva à demi sur son siège, les mains crispées sur les bras de son fauteuil. Il avait blêmi.

– Le tocsin, Coignard, vous entendez, c'est le tocsin ! Je vous l'avais bien dit : ils reviennent !

39

Il avait senti sur lui l'ombre du cheval et avait fermé les yeux.

S'enfoncer dans la terre, y disparaître et, dans cette terre, avec ses paumes et ses doigts y creuser, comme une taupe, une galerie de ténèbres.

Il entendit le gendarme qui descendait de cheval, puis le bruit des hautes bottes massives, le pas lent et lourd, le long du fossé, comme si l'homme cherchait un objet qu'il avait perdu ou qu'il avait cru voir. A présent il avait dépassé le trou laissé dans la haie, mais il persistait dans sa quête. A travers le buisson, étincela une arme qui se mit à remuer les feuilles, soulever les broussailles.

Alors tout se passa très vite. Au bout du sabre, jaillit un homme, dressé tel un fou, hagard, sorte de moribond soudain ressuscité.

– J'en tiens un ! Il faisait le mort, ce fils de gueux ! Holà, Pialut, Rousseau, venez m'aider !

L'autre se débattait :

– Vous ne nous aurez pas !

Des chevaux arrivaient au galop.

– Vous ne nous aurez jamais !

Il y eut des jurons, des bourrades, des coups.

– Nous brûlerons la ville ! Ceux d'Aubusson viendront et ils la brûleront !

Cela n'avait duré que quelques minutes. Puis les voix, les cris, peu à peu s'éloignèrent. Mais il resta de la clameur comme une onde vibrant encore dans l'air.

Une fois de plus la route était déserte. Le soleil commençait à baisser.

Longue journée de juin qui n'en finissait pas de mourir.

De nouveau, il fallait profiter de l'incident pour fuir. Mais couper à travers le pré était trop dangereux. Quitte à doubler la distance, il valait mieux suivre l'ombre de la haie. Quand la nuit serait tombée, on pourrait peut-être marcher à découvert.

Alors il reprit Perrin, passa de nouveau son bras autour de son cou, le hissa sur son épaule.

– On repart, Perrin, tiens bon, mon gars, il faut faire vite, et, à voix basse, il lui expliqua qu'il était plus prudent de contourner le pré, pour ensuite s'éloigner de la route et aller ainsi, de champ en champ, s'enfoncer dans la campagne.

Cette fois, le fardeau lui parut plus lourd, ou peut-être était-ce lui qui peinait davantage, qui perdait ses forces ? Il se demanda s'il n'était pas blessé, malgré tout, une blessure interne qui n'aurait pas encore saigné.

Tout en le portant le long de la haie, puis la contournant, il essayait de ne pas penser à sa fatigue, coûte que coûte, il se devait de sauver Perrin, quitte à y laisser la vie, mais le sauver ! Le destin les avait frappés ensemble, les avait jetés l'un contre l'autre dans le ravin et l'avait désigné, lui. Alors il imagina dans sa tête l'itinéraire à suivre, pour éviter les routes ou les grands chemins, contourner les villages, passer par les terres, les traverses que seuls connaissaient les paysans, s'enfoncer dans la campagne. et puis descendre vers la rivière.

– La rivière ! murmura-t-il.

A partir de là, il gagnerait Pionnat. Ramener Perrin à Pionnat. Ramener Perrin chez lui. Après, peu importait. Il verrait bien.

Il était trempé de sueur, une douleur lui montait du côté jusque dans la nuque, ses jambes fléchissaient, par moments il titubait, et chancelait sur place, comme un homme ivre. Alors il se donna des repères, à des distances courtes, là ce rocher à fleur de terre, puis le bouquet de chardons, là-bas ce coin de sol râpé marqué par les sabots des bêtes en pâture, enfin le chêne. Le chêne, au moins atteindre le chêne !

Ainsi pas à pas, il avançait, parmi le frémissement des feuilles et des herbes, attentif au moindre bruit suspect, l'oreille aux aguets, comme un gibier qui se sait recherché. L'odeur de la terre, de l'herbe et des fougères poussant le long des haies le rassurait. Il guettait le moindre son que le sol pouvait lui transmettre. C'est ainsi qu'à un moment il crut percevoir des voix. Il s'arrêta. Tout son corps se tendit. Des voix graves, des voix d'hommes. Cela venait du côté opposé à la route et il se rassura. C'était comme un chuchotement courant à ras de terre, le son venait sans doute de loin, d'un autre pré, peut-être, en contrebas. Comme un appel sourd, à peine audible, de prisonnier à prisonnier. Soudain il ne l'entendit plus. Il repartit. Plus que quelques mètres et il arriverait au chêne.

Derrière l'arbre, le talus remontait en pente douce. Il y déposa Perrin.

– Là, là, attention à ta tête ! Je reviens, Perrin, tu m'attends, je reviens tout de suite.

Il respira longuement, se redressa, porta les mains à ses reins et gagna la lisière du pré. Ecartant les buissons, les épines et s'accrochant aux ronces, il passa le buste, puis les jambes, rampa, et se retrouva à plat ventre de l'autre côté.

Il sentit contre sa joue la fraîcheur de l'herbe et, à ce moment, la terre lui retransmit le message, comme un murmure de filet d'eau sur des pierres. Il se redressa, regarda à gauche, à droite et s'élança.

Il courait, cassé en deux, comme un fantassin à l'assaut qui se méfie des balles et se dirigea vers les voix, traversant le pré en diagonale, escalada une barrière, allant de pré à pré, sautant le même petit ruisseau qui les coupait en serpentant, creusant son lit profond dans la terre, à travers les herbes, bordé de joncs et de roseaux. Sous le soleil, son eau jetait çà et là des miroitements blêmes et à certains endroits se teintait déjà de reflets rose pâle. Dans le ciel, des nuages bas s'amoncelaient, ouatés et doux.

Au fond du pré, il aperçut une futaie de chênes serrés les uns contre les autres, comme en carré de défense, qui se détachait sur la lisière d'un bois de châtaigniers.

Il s'arrêta. Aucun son ne lui parvenait plus.

Les voix s'étaient tues. Il avait dû se tromper. Ce n'avait donc été que le murmure de ce ruisseau.

A pas prudents, il s'avança cependant vers le bosquet et appela :

– Qui vive ?

Pourquoi crier qui vive ? se demanda-t-il au même instant.

Le silence lui répondit, mais un silence tellement lourd qu'il semblait justement dissimuler quelque chose de vivant qui se serait tu, impression de chasseur qui devine l'invisible. Il pensa à Perrin resté tout seul là-bas sous le chêne et répéta sa question :

– *Yo ti quo tu* ?

d'une voix assourdie par l'émotion.

Il entendit aussitôt un bruit de branches remuées et, parmi les arbres, se dressèrent deux hommes.

D'un bond, il fut près d'eux.

C'était Martin et Gerbaud, dit La Marche, tous les deux de Pionnat.

Alors ils se prirent les mains à les briser, puis tour à tour se tinrent longuement embrassés, sans dire un mot, sans se regarder, les yeux détournés, le visage endurci de ceux qui ne veulent pas pleurer, tout le malheur rentré en eux dans leur gorge.

Ce malheur qu'ils ne comprenaient pas, qu'ils ne comprendraient jamais, ce malheur qui les avait pris de plein fouet, par traîtrise.

Tous les deux étaient blessés, La Marche au bras, l'autre à la tête, un linge pendait sous son chapeau. Ils commençaient à énumérer des noms, mais s'arrêtèrent quand ils entendirent qu'il fallait de toute urgence secourir Perrin.

– Quel Perrin ?

– Le tailleur de pierre.

– Oh ! le Jean, le fils d'Etienne et de la Jeanne Basset ? Mon Dieu, c'est lui ?

– C'est mon cousin, dit l'autre. Où dis-tu que tu l'as laissé ?

Il expliqua : Là-haut, près d'un chêne. Il faut le sauver et vite, s'ils le trouvent, ils vont le prendre. Et tout à coup, il fut saisi de crainte, si en effet, pendant le temps de son absence, les maraudeurs de la ville l'avaient dépisté, l'avaient jeté sur un chariot, s'il n'était plus là !

– Est-ce qu'il peut marcher ? demanda Gerbaud.

Il n'eut pas de réponse.

– Amathieu, m'entends-tu, est-ce qu'il peut marcher ?

Même silence.

– Il ne peut vraiment pas marcher ?

Plus lourd se fit encore le silence.

Les deux hommes fixaient Sylvain Amathieu qui enfin remua la tête de gauche à droite.

– Non, il ne peut pas…

Puis il murmura tout bas, sans les regarder :

– Il est mort ! Ils l'ont tué !

40

Ce même soir, Mme Bureau-Desétiveaux, affolée, courait d'une pièce à l'autre, se précipitait dans sa chambre, se jetait sur le lit en pleurant, se relevait, ouvrait, puis fermait les fenêtres.

Dans la brise, volait la mousseline des rideaux.

Lorsque son mari était enfin rentré, elle s'était précipitée vers lui, mais il l'avait repoussée, lui avait ordonné, d'une voix cassante, de remonter dans ses appartements et avait parlé de danger, de rébellion, de paysans qui allaient se venger et revenir incendier la ville. Elle avait poussé un cri, mais il n'y avait prêté aucune attention, et s'était engouffré dans son bureau avec sa mine des mauvais jours.

Maintenant, elle avait peur.

Passant dans le couloir qui donnait sur la place, elle se pencha à la fenêtre et vit autour de la guérite les gardes s'agiter. Ils semblaient en colère. Elle les entendit crier qu'ils en avaient assez, qu'ils étaient écœurés, ah ça, non, qu'on ne compte plus sur eux ! qu'ils s'en allaient et qu'ils rentraient chez eux souper. Fini la garde. A bas la garde !

Elle referma la fenêtre en tremblant, dévala l'escalier, traversa la cour et appela :

– Roby, Roby, vous n'allez pas partir, nous laisser. Non, non, vous ne nous abandonnerez pas, n'est-il pas vrai ?

Tête baissée, Roby ne répondit pas.

Elle insista.

– Vous croyez que ces gens-là vont revenir, qu'ils vont piller la ville ? Autrefois, les paysans mettaient le feu aux châteaux, c'est vrai, mais à présent…

Et comme il ne répondait toujours pas, elle ajouta : Croyez-vous qu'ils pourraient brûler la préfecture ? Mon bon Roby, qu'en pensez-vous ?

Elle ouvrait grand ses yeux, suppliant, minaudant un peu.

Le garde national lui jeta un coup d'œil sévère.

– C'est bien possible, dit-il froidement. Crocq n'est pas si loin, après tout.

Elle le regarda, piquée.

– Crô, Crô, quel Crô, que voulez-vous dire avec votre Crô ?

– Crocq, avec un *q*, sans vouloir vous offenser, madame la préfète, Crocq, dans la Creuse, c'est de là que sont partis les croquants autrefois.

Elle poussa un petit cri et s'enfuit.

– Pourquoi que tu lui as fait peur, grande brute, dit un des gardes, pauvre petite femme, elle fait pitié.

Mais elle revenait déjà, les suppliant de rester sur place : Ne m'abandonnez pas ! Et elle leur portait elle-même du pain, du vin et des victuailles sur un plateau.

Des gens de la ville qui passaient sur le trottoir devant la préfecture les regardaient avec mépris et certains même les insultèrent.

Comme ils terminaient les victuailles et vidaient les bouteilles, ils virent soudain débarquer sur la place le garde

Babiche poussant un prisonnier devant lui avec la crosse de son fusil. C'était un jeune paysan, nu-pieds, la veste déchirée. Ils restèrent stupéfaits, le verre à la main.

Petit, sec, nerveux, renfermé, le perruquier Babiche ne se faisait guère remarquer d'ordinaire. Mais ce jour-là, tout était différent.

L'air bravache, le shako rejeté en arrière sur son toupet frisé, il avançait comme à la parade, faisant sur le pavé claquer son talon. Au lieu de livrer son prisonnier au citoyen Vincent, il avait décidé, après avoir fait trois tours sur la place d'Armes, d'aller l'exhiber dans son quartier.

– Qu'est-ce que vous faites à traîner vos guêtres par ici ? le héla Roby. La maison d'arrêt, c'est de l'autre côté.

– Que mijote-t-il avec son prisonnier, ce Barbichou, à votre avis ?

– Peut-être qu'il veut l'emmener chez lui.

Et les quolibets de pleuvoir et les gardes de chanter :

Je te tiens,
Tu me tiens…

Babiche passa, la lèvre dédaigneuse, sans même leur jeter un regard.

Cependant sur son trajet, il rencontra des femmes qui en le croisant s'indignaient :

– Si ce n'est pas une honte de voir ça !

Bafoué, frustré de l'effet escompté, Babiche sentit monter en lui une bouffée de colère. Alors il envoya un coup de crosse dans les jambes du prisonnier qui trébucha contre le trottoir.

– Avance donc, traînard ! cria-t-il.

Mais juste au-dessus, quelqu'un se penchait à son balcon.

– Bougre de charognard, qu'est-ce qu'il t'a fait, ce malheureux, que tu le traites comme une bête ? lança une voix sonore qui emplit la rue.

Des gens qui rentraient chez eux s'arrêtèrent pour observer la scène.

Babiche avait levé les yeux.

– Dis donc, Bouchereau, de quoi je me mêle ? Est-ce que je te demande ton âge, des fois ? Gros décroche-lard, descends donc, tu ne me fais pas peur.

Et il fit mine de déboutonner sa tunique.

– Monte toi-même, avorton, je te ferai passer le goût du pain, espèce de panier à crottes !

Et il décocha ces mots :

– Perruquier à la manque !

Sous cette dernière insulte, le sang de Babiche ne fit qu'un tour.

Poussant en avant le paysan, il s'adressa aux gens rassemblés dans la rue :

– Ah ! vous autres, je vous confie mon prisonnier.

Puis cramoisi, poussant la porte, il s'engouffra dans les profondeurs d'un corridor.

Trois secondes plus tard, au premier étage, on entendit un vacarme épouvantable de vociférations, de meubles brisés, tandis que les carreaux de la fenêtre volaient en éclats.

Lorsque le garde national Babiche ressortit, sans shako, l'uniforme déchiré, la lèvre ouverte, il regarda de tous côtés.

Il n'y avait plus personne.

– Mon prisonnier, cria-t-il, où est mon prisonnier ?

Le soir tombait. Les ombres envahissaient la ville.

Dévalant la Grande Rue, il criait encore : Mon prisonnier, mon prisonnier, qui a pris mon prisonnier ?

quand soudain, au clocher de l'église, les sons saccadés et lancinants du tocsin couvrirent sa voix.

41

Ils remontaient tous les trois à travers les prés. A chaque pas, le visage de La Marche se crispait de douleur. Il saignait beaucoup. Son pansement s'était défait, la manche de sa chemise s'était teinte de rouge. Mais il disait qu'il en avait vu d'autres et que l'os n'était pas cassé.

– Attends-nous là, conseillaient Amathieu et Martin.

Mais non, il insistait :

– Puisque je vous dis que l'os n'est pas cassé…

Le chêne apparut, masse sombre qui se détachait sur le ciel lumineux du crépuscule.

– C'est là-bas.

Sylvain tendait le bras.

Soudain, une angoisse l'étreignit : Perrin avait disparu. Il ne le voyait plus.

Pressant le pas, courant presque, il l'aperçut enfin. Dans le soir qui tombait, les teintes avaient changé et le corps semblait avoir pris la couleur de la terre. De plus, contre le talus, il s'était affaissé, la tête retombant sur la poitrine. Il semblait ainsi qu'il dormait d'un sommeil profond, la bouche grande ouverte et la mâchoire pendante, ou bien qu'il s'était tout entier replié sur un désespoir dont rien jamais ne pourrait le consoler.

Sylvain lui toucha la main, comme pour le réveiller, lui signaler que des amis, des parents étaient venus le voir.

La main était glacée.

Alors tous trois se découvrirent et restèrent là, devant lui, roulant gauchement leur chapeau entre leurs doigts, les yeux baissés, rendant hommage à cet homme foudroyé qui était l'un des leurs.

Leurs lèvres remuaient, sans qu'on pût distinguer les paroles de leur prière, comme s'ils voulaient la garder en eux, secrète.

A quoi pensaient-ils ? Sans doute qu'ils auraient pu se trouver là, à cette place, recroquevillés contre ce talus et la tête perdue ? Il avait suffi d'un hasard, de la trajectoire d'une balle.

Celui qui avait pressé sur la gâchette n'avait visé personne en particulier, mais il avait tiré à bout portant, sans même voir, à travers les cris, la peur, la folie de l'instant. Personne ne saurait jamais son nom. Que faisait-il à cette heure ? Peut-être était-il rentré à présent, il avait dû retrouver sa femme, ses enfants, sa maison. Il avait déposé son fusil.

Mais il avait tué.

Il avait tué Perrin.

Pour les 45 centimes.

A ce moment, ils entendirent au loin les coups rapides du tocsin. Ils relevèrent la tête. Cela venait de la ville. Ainsi, elle sonnait elle aussi le tocsin. Partout le même son lugubre, harcelant qu'ils ne connaissaient que trop bien. Ils restèrent, attentifs, à l'écoute. Et l'alarme les pénétra, résonnant en eux, racontant leur histoire et celle des leurs, et celle de cet homme qui gisait là devant eux.

Alors, un grand tressaillement parcourut les branches, et le vol lourd d'une effraie frappa mollement la nuit d'une blancheur de spectre. Comme si en elle palpitait l'âme d'un mort, elle les survola pour s'en aller au loin se perdre vers la nuit.

– Il faudrait lui fermer les yeux, dit Martin à voix basse.

Mais il était trop tard. Le visage avait déjà durci et l'œil terrible resta ouvert, béant sur le vide.

Sylvain leur rappela les chevaux des gendarmes qui maraudaient sur la route. Il fallait faire vite. Alors à deux, l'un prenant Perrin sous les bras, l'autre par les jambes, ils s'en allèrent, titubant parfois sous le poids, traînant le corps à travers les haies, puis coupant par les champs.

Ils marchèrent longtemps, naufragés d'un soir, emportant avec eux ce noyé dans leurs bras.

Ils suivaient leur piste à travers l'odeur des foins coupés, des friches et des genêts, débusquant au passage une fouine ou un oiseau niché dans un buisson.

La nuit tombait avec lenteur, comme si le jour ne voulait pas laisser la place, et gardait à l'horizon une longue traînée pâle, lueur étrange qui perçait les nuages.

Ils sentirent une, puis deux gouttes tomber sur leur visage, et enfin une petite pluie légère et tiède.

– Il pleut, dit La Marche.

Sylvain releva la tête, sentit l'eau comme une caresse, comme un baume et se lécha les lèvres.

– Il pleut, répéta-t-il.

Après l'Echornade, ils entrèrent dans des terrains humides où ils devaient prendre garde à bien poser le pied pour ne pas enfoncer dans la vase. Evitant les villages, ils passèrent entre Neuville et Villasmeillas. Ils approchaient de Villeservine quand ils décidèrent de faire halte.

Martin n'en pouvait plus, il avait perdu beaucoup de sang. Quant à La Marche, Sylvain déchira un morceau de sa chemise pour refaire son pansement.

– Cela ira, et il répéta qu'il en avait vu d'autres.

Depuis longtemps ils n'entendaient plus le tocsin de la ville, mais à présent ils en distinguaient un autre, comme si, pour eux, il avait pris le relais.

– D'où cela vient-il ?

Ils regardèrent le ciel, sentirent le vent.

– Saint-Laurent, je dirais.

– Il y a une source pas loin.

Ils la connaissaient tous, mais il fallait profiter de la nuit pour se hâter, prendre des chemins creux, gagner la rivière en évitant les ponts. Le Pont-à-la-Dauge, le Pont-à-Libaud, le Pont-à-L'évêque, aucun pont n'était sûr, il leur fallait passer à gué. Là, les chevaux noirs n'y seraient peut-être pas. Ils n'eurent pas besoin de se concerter. Ils avaient déjà décidé d'aller droit au gué de Villetête.

Ils restèrent encore un moment à écouter le tocsin. Ils songeaient à celui de Pionnat. Penser qu'il avait sonné ce matin même. Comme le temps s'était distendu, à la fois si bref et si brutal pour achever une vie, et pour eux interminable. Ils n'avaient pas voulu de mal. Et à présent ils battaient en retraite avec, entre les dents, le goût de l'injustice, l'amertume d'une fin de guerre qu'ils n'avaient pas souhaitée et qu'ils avaient perdue. Des noms leur couraient dans la tête, qu'étaient devenus les Aguillaume, Jacques Doutre, le jeune Laurent Chaudron ? Ils feraient le bilan plus tard, comme lorsque, après la bourrasque, on va voir la récolte hachée par la grêle. On les avait fauchés eux, les paysans, ils ne devaient pas sortir de leurs champs, seulement payer l'impôt et rester dans l'enclos, comme les bêtes.

Mais s'ils n'avaient pu délivrer leurs hommes que la ville gardait en prison comme des brigands, elle n'avait pu leur arracher Perrin. A présent, ils se raccrochaient à cette idée-là, sauver Perrin, le mettre en sûreté dans la terre, leur terre qui le protégerait pour toute l'éternité.

Ils l'avaient allongé sur l'herbe mouillée et, eux, les trois veilleurs, l'observaient en silence.

– Il a changé, dit Sylvain à voix basse.

– Oui, il a changé.

– Comme ça va vite !

Ils repartirent et reprirent leur marche. Ils traversèrent d'autres champs, ensuite une petite route et s'enfoncèrent dans une charrière.

Il y faisait très sombre, mais la voie était large, descendant en pente légère à travers des bruyères et des massifs de genêts, puis un bois dont les branches formaient comme une voûte épaisse au-dessus d'eux.

Dérangé, un oiseau de nuit s'envola en poussant un cri perçant. Dans le sous-bois, des foulements de bêtes, des bruits d'ailes froissées s'arrêtaient brusquement à leur passage.

Puis les arbres s'espacèrent, le sol devint sablonneux, ils revirent la lumière de la nuit. Tout en bas, s'ouvrait une trouée claire. Et peu à peu, ils perçurent le bruit de l'eau.

Leur visage se détendit.

La pente devenait plus rapide et une bouffée de fraîcheur leur monta au visage. Ils sentirent l'odeur de l'humus, des joncs, de la fougère, tandis que sous leurs pieds la terre mollissait, devenait boueuse et, tout d'un coup, ils la virent, là, devant eux, si large et si belle, miroitante, avec suspendue au-dessus d'elle une longue écharpe de brume pâle.

La Creuse, leur rivière.

Basse, mais vive, l'eau chantait doucement, petite musique allègre, gargouillis des courants se faufilant entre les pierres, bruit joyeux du clapotis des gouttes de pluie.

Ils déposèrent Perrin au bord, sur des fougères.

Alors, oubliant tout danger, ils se précipitèrent. Allongés à plat ventre, ils burent à même le courant à longs traits, puis entrèrent dans l'eau, lavèrent leurs visages, s'aspergeant la poitrine, se courbant vers les creux plus profonds.

A deux reprises, Sylvain alla prendre de l'eau dans la paume de ses mains et, se mettant à genoux auprès de Perrin, il lui humecta les lèvres, le front. Ce visage de pierre un instant ruisselant sembla frémir et reprendre vie. Hélas, il savait qu'il ne pourrait pas le débarrasser de ce sang collé dans son dos. Les femmes le feraient plus tard, elles le laveraient comme on lave un enfant, avec ces gestes qu'elles seules savaient faire.

A ce moment, au loin, un aboiement claqua dans la nuit. Un aboiement encore, comme un signal à deux temps. Ils pensèrent : Le renard, la ruse, le piège, et craignirent soudain d'avoir fait trop de bruit. Peut-être, quelque part, les avait-on entendus, viendrait-on les guetter, les guettait-on déjà, là-bas sur l'autre rive. Sylvain soudain se rappela un nom : Pialut, le gendarme Pialut, où avait-il entendu ce nom ? Il imagina l'homme tapi derrière les aulnes, de l'autre côté, son grand cheval noir un peu plus loin, immobile, oreilles dressées.

Dans sa tête roula un grondement de galopade. Il voulut aller voir.

– Non, Amathieu, tu es fatigué, moi, je ne vous sers à rien avec mon bras. J'irai en éclaireur et vous lancerai un signal.

Ils virent La Marche passer le gué, courbé, une main à fleur d'eau, en vrai pêcheur de truites, sachant où poser le pied entre les aspérités de la pierre et garder l'équilibre, sans faire le moindre bruit, et, tandis qu'il s'avançait, il ressemblait à un grand oiseau carnassier guettant dans le courant le reflet du poisson.

Il disparut de l'autre côté, puis au bout d'un moment on entendit dans la nuit le cri de la chevêche.

Ils passèrent le gué, portant Perrin.

De l'autre côté, ils traversèrent le chemin qui longeait la rivière, grimpèrent un talus et se trouvèrent à l'entrée d'une très vaste prairie. Elle n'avait pas été fauchée et montait en doux vallonnements à perte de vue vers le ciel.

Epuisés, ils durent s'arrêter. Ils posèrent Perrin sous un châtaignier, près d'une haie de noisetiers.

Alors La Marche dit qu'il irait chercher du secours au prochain village.

Il partit, disparut dans un creux, reparut sur une crête, disparut à nouveau, puis on ne le vit plus, comme s'il avait été aspiré par la nuit.

42

Quand, ce même soir, Michel revint, il déposa son fusil dans le corridor, puis il poussa la porte.

Honorine l'attendait, assise, les mains croisées sur les genoux.

Elle leva les yeux.

Il vit qu'elle savait.

– Quel malheur ! dit-il.

Il y eut un long silence.

– Pourquoi y être allé ?

– J'étais obligé, tu le sais bien.

Elle l'avait attendu toute la journée. Dans l'après-midi, d'autres femmes s'étaient rendues là-bas, poussées par la curiosité. Pas elle.

– La consigne était de les empêcher de passer.

– La consigne…

– Mais nous ne devions pas tirer.

Elle regardait droit devant elle. Toute la journée elle avait attendu.

– J'entends encore le cri : « Ne tirez pas, surtout ne tirez pas ! »

– Alors pourquoi l'avez-vous fait ?

– Ils ont eu peur. Des fourches, des serpes, des cris, des coups de fusil partis comme ça, en l'air.

Elle resta un moment silencieuse puis prit son souffle :

– Et toi, tu as tiré ?

Il répondit que sa compagnie avait été placée à distance de l'embranchement des routes, un peu en arrière sur la route d'Aubusson, en réserve.

Après la fusillade, ils s'étaient avancés. Oui, après les feux de peloton, ils avaient couru pour voir. La gendarmerie à cheval partait. Pour rattraper les fuyards. Ratisser.

Sa voix trembla.

Tout ce sang...

Il se détourna et, à pas lents, s'en alla vers l'évier, souleva le seau et se lava les mains, le visage. S'il avait pu se laver tout entier.

Quand il revint, elle le regarda enfin. Elle vit comme il était pâle, défait.

Il raconta qu'au retour, comme il revenait à la maison avec Giraudon...

– Ah ! celui-là...

...et Périgaud, et aussi Morabet, sur le chemin de la Rode, ils avaient rencontré un homme hagard, agité et tremblant qui fuyait.

Elle demanda pourquoi il ne l'avait pas amené à la maison, mais il n'entendit pas sa question.

– On lui a crié : « Arrêtez ! Où allez-vous ? »

– Et alors ?

– On l'aurait bien laissé partir, mais il tenait des propos fous, et puis à cause du cloutier, on se méfiait, qu'il aille faire ensuite un rapport... on hésitait. Mais là-dessus, est arrivé M. Martinet, le percepteur, qui venait du champ de bataille. Il pleurait. Il a dit : « Mais c'est Turquet ! Comment vous trouvez-vous ici, monsieur

Turquet ? Ah ! Périgaud, c'est un honnête homme, laissez-le donc partir. »

A raconter cela, Michel se sentit en colère contre lui-même, il n'avait pas eu le courage de prendre la décision. Martinet, un percepteur, l'avait fait.

Il ne voulut rien manger. Repensant à ce qu'il avait vu sur la route, il eut envie de vomir.

La fenêtre était grande ouverte. Le soleil avait disparu derrière la crête du Maupuy. C'était un beau soir de juin. Les grillons chantaient dans le fossé. Mais il faisait lourd, comme si un orage quelque part se préparait. Du bas du faubourg, parvenaient des cris, des bruits de disputes, une sorte de vacarme assourdi, inhabituel. De la ville montait une rumeur mauvaise.

Soudain, la cloche de l'église se mit à sonner, le premier coup tombant comme un glas qui glaça le sang, puis le rythme se fit saccadé. Le curé faisait sonner le tocsin.

Elle fit un signe de croix, alla à la fenêtre, resta debout devant la nuit, immobile. Puis elle ferma le volet. Puis la fenêtre. Garda les mains sur l'espagnolette et y posa le front. Une grande tristesse l'envahit. Alors, elle pensa à ce nouveau-né qu'elle avait perdu. Pourquoi y pensa-t-elle à ce moment précis ?

– Etienne, murmura-t-elle, mon pauvre petit !

Dans le lit, cette nuit-là, ils restèrent côte à côte, comme deux gisants, les yeux grands ouverts sur le vide.

Il eut un geste qu'elle repoussa. Il avait tant besoin d'elle, pourtant. Il se sentait à nouveau l'orphelin abandonné. Il le serait donc toute sa vie ?

Et dans l'ombre, brusquement :

– Et si ç'avait été les miens, les gens de chez moi, y serais-tu allé avec ton fusil, aurais-tu tiré si on t'en avait donné l'ordre ?

Il resta une seconde la gorge serrée, puis il répondit que non, bien sûr, il ne l'aurait pas fait.

Elle se détendit un peu. Il le sentit et d'un coup s'abandonna : « C'était affreux, s'écria-t-il, oh c'était trop affreux ! »

Il sanglotait.

Alors elle lui prit la tête, l'appuya contre son épaule.

43

Sous le châtaignier, contre la haie de noisetiers, ils attendaient.

La pluie s'était arrêtée. Le vent se levait et le ciel dégagé brillait d'étoiles.

Une lueur blême recouvrait le pré comme un givre. C'était un pré immense, avec des remous, des vallonnements, des rochers gris-bleu dont l'ossature ressortait dans l'herbe comme des bêtes fantastiques qu'un ensorcellement aurait endormies là et fossilisées à jamais.

Allongés sur le sol, ils attendaient.

Le silence était profond, marqué par la sourdine insistante des grillons, traversé par le miaulement pointu d'un rapace parti en chasse ou, tout près d'eux, le trottinement menu et hésitant d'une musaraigne étourdie.

Aux aguets, ils attendaient, sans faire le moindre geste, sans prononcer le moindre mot, tout à leur fatigue, à leur angoisse.

La Marche ne revenait pas.

Tant d'espace sous le ciel. Et toute une immensité sans frontières au-dessus de leurs têtes. Et eux, que faisaient-ils là, dans ce monde de tranquillité et de paix ? Ils pensaient à ce chaos qui les avait poussés jusqu'ici, à ces cris, ce fracas, à la fumée et à la galopade des chevaux. Ils avaient été pris dans cet infernal engrenage et l'ombre était entrée en eux, elle resterait même sous la lumière d'été, pénétrerait dans la maison, jusqu'au foyer, comme une pestilence. Quelle poignée de sel grésillant dans la flamme pourrait jamais chasser ce démon ? Auparavant, même leur misère quotidienne avait ses éclairs de gaieté, ses détentes ou ses coups de colère qui fouettaient le sang. Mais après ce qui venait de se passer, il semblait que jamais plus on ne connaîtrait de tels moments.

Ils attendaient et s'inquiétaient.

Quand tout à coup :

– Ecoute ! dit Sylvain.

Loin, très loin, il avait cru entendre un roulement de charrette. Il prit peur. Une charrette, un cheval, à cette heure de la nuit, rôdant par les chemins ! Qui pouvait conduire pareil charroi, quelle main tenir les rênes ?

Il se sentit glacé, comme si cette fois un être invisible s'avançait pour saisir sa proie, et lui enlever ce que les humains n'avaient pas pu lui prendre.

Instinctivement, il se rapprocha du corps de Perrin.

Puis se pencha vers Martin :

– Tu n'entends pas ?

Non, lui n'entendait rien. Ou plutôt si…

Car, au même instant, le pré sembla tout entier frémir dans un large froissement d'herbes, comme si le vent soufflait pour fouler la terre. Un murmure, ou plutôt un sourd bourdonnement montait du sol ; il venait de derrière les replis du terrain.

Surpris, ils levèrent la tête, les yeux plissés scrutant l'horizon.

Soudain, ils les aperçurent. Au loin, très loin, estompés dans la brume, encore flous, ils en distinguèrent un, puis deux, puis trois, puis des dizaines, feux follets piquetant l'obscurité, sautant d'un coin à l'autre, et gagnant la brillance d'étoiles tombées sur terre. Et ces lumières étranges avançaient vers eux, incertaines et mouvantes, flottant dans l'air, puis elles disparurent, mais on percevait toujours le foulement des hautes herbes et elles rejaillirent sur une crête, plus vives et plus distinctes, pour une fois encore s'évanouir et ressortir de nouveau, luminescentes, fanal après fanal, et peu à peu, sous ces lumières, ils virent sur fond de nuit des silhouettes en ligne dense, irrégulière et zigzagante et perçurent de sourds appels gutturaux, sautant les replis du terrain. Lorsque le pré fut entièrement plat, ces ombres fuligineuses apparurent de front, en large rangée, et la fumée noire des torches qu'elles brandissaient se mêlait à la nuit.

Elles se mouvaient droit sur eux.

Ils percevaient à présent le grésillement des feux et le son des voix.

Ils s'étaient dressés, debout, cette fois, la face tournée vers ces lumières, ces torches tendues à bout de bras et leurs visages furent soudain éclairés de reflets d'incendie et leurs yeux se brouillèrent de larmes.

Alors, en cet instant, la nuit suspecte s'illumina, l'ombre insidieuse, la peur de l'embuscade, la traîtrise du piège tendu dans l'ombre, le pas redouté, le galop de la bête noire, tout se déchira pour se fondre dans la chaleur de ces feux vivants, descendant en longue marche vers eux.

Car c'était pour lui qu'ils avaient fait le chemin, ils l'avaient bien compris, pour cet homme qu'ils ramenaient.

Pour le tailleur de pierre.

Sylvain se pencha.

– Perrin, c'est Pionnat, ce sont tous les villages. Ils sont venus te chercher, Perrin, tu es sauvé !

Et sa voix se brisa.

44

Cette nuit-là, la ville ne dormait pas, comme frappée de stupeur.

En proie à la crainte de voir les paysans revenir, le préfet avait donné l'ordre aux autorités de rester avec lui dans son bureau et d'y demeurer en alerte. A son injonction, le juge Goursaud-Lajousselenie avait dû écrire une lettre pour, lui aussi, à son tour, réclamer des troupes. Tout en soupirant, le juge avait pris la plume.

Une mêlée déplorable, à jamais déplorable, a eu lieu, écrivit-il. *Force est restée à la loi, mais le sang a coulé, vingt hommes ont été tués ou blessés. La ville de Guéret est dans la consternation, tous les habitants sont sur pied...* Et plus loin : *Les inculpés sont en nombre infini...*

Il avait terminé par ces mots : *Votre très humble et obéissant serviteur,* gardant les vieilles formules de courtoisie. Exprès. Sa manière à lui de protester contre ces blancs-becs envoyés de Paris, commissaires arrogants, salut et fraternité, et l'argent de Ledru-Rollin tintant dans la poche. Il ne se faisait aucune illusion sur le gouvernement, avait prévu que les 45 centimes causeraient une catastrophe. D'ailleurs, il ne se gênait pas pour le dire dans sa lettre : *Le motif de l'insurrection est l'impôt extraordinaire des 45 centimes, décrété par le gouvernement provisoire et ratifié par l'Assemblée nationale.* Que chacun prenne ses responsabilités. Hélas, le mal était fait et, à présent, c'était à eux, les juges, de régler cette affaire, de se livrer aux investigations, d'organiser les interrogatoires, d'aller sur le terrain ramasser les pièces à conviction.

Les inculpés sont en nombre infini...

Il ajouta tout en bas, à gauche, un petit *minuit.*

Et puis au matin, après avoir passé des heures recroquevillés sur des fauteuils à attendre des insurgés qui ne venaient pas, ils avaient pris congé du préfet. Celui-ci avait retenu un instant le juge : « Des preuves, il nous faut des preuves ! » avant de le laisser partir. Et chacun était rentré chez soi, endolori, les reins brisés et la paupière lourde.

Le juge, les deux Coudert-Lavillatte, Jules et Joachim, respectivement substitut et commandant de la garde nationale, firent ensemble un bout de route, sans échanger le moindre mot, mais n'en pensant pas moins. Rue du Marché, ils croisèrent des ouvriers de l'imprimerie qui venaient prendre leur travail.

A l'atelier Dugenest, les mines étaient consternées. Joseph Dugenest tenta de composer un petit discours pour dire à tous son émotion, mais aussi que la vie, le travail devaient continuer. On sentait que le cœur n'y était pas. Chacun avait repris sa place.

Toute la journée, Michel fit des gestes mécaniques, pensant à autre chose. Un visage, une voix l'obsédaient.

A la fin, n'y tenant plus, il demanda à partir un peu plus tôt.

Il monta la Grande Rue, passa devant la préfecture, aperçut un garde, l'air morne, bâillant devant sa guérite, traversa la place d'Armes et se dirigea vers la prison.

Là, on s'écrasait devant la porte. Aux fenêtres fermées de

barreaux, il aperçut des têtes, jamais il n'en avait tant vu dans ce lieu habituellement quasi vide. Visages de paysans hâlés, harassés par cette première nuit. Ces grappes de têtes derrière les barreaux formaient un spectacle étrange, presque irréel, comme si quelqu'un avait commis une méprise, car ces gens n'avaient pas l'air de prisonniers, tant leurs regards étaient innocents, comme surpris d'être là, confinés, eux qui avaient l'habitude de l'espace, des grandes marches à travers champs. Ils ne comprenaient pas ce qui leur arrivait et ceux qui les voyaient de l'extérieur ne comprenaient pas davantage pourquoi ils étaient là, enfermés.

Michel joua des coudes, entra et demanda à voir le gardien. Mais le citoyen Vincent était trop occupé, lui dit-on. Inutile d'insister.

Alors Michel, si docile, si timide d'habitude, se fâcha pour tout de bon. Il assura qu'il venait de la part du docteur Guisard, représentant du peuple, que sa démarche était urgente et que le gardien devait venir de suite, sinon qu'il lui en cuirait.

Il arriva, en effet, furieux et volubile, expliqua qu'il était débordé, il aimait bien garder des prisonniers, certes, mais que trop, c'était trop, il ne savait plus où les mettre et on parlait d'en amener d'autres, les gendarmes étaient partis dès l'aube. Et en plus, il y avait eu les femmes, ah ! ces femmes, elles l'avaient empêché de dormir toute la nuit, tapant avec leurs sabots sur les barreaux et hurlant des injures ; tout le quartier avait été mis sens dessus dessous et, par-dessus le marché, il avait eu les curés sur le dos, celui de Guéret et le pire de tous, une sorte de géant, le curé d'Ajain, qui exigeait de récupérer ses paroissiennes. Ah ! Il était à bout de nerfs… Il soupira. A propos, que voulait-on, au nom du député, à venir ainsi le déranger ?

Michel le dévisagea : cheveux gras, mine sournoise, œil

fouineur, son trousseau de clefs cliquetant à la ceinture, et sentit comme un dégoût.

Voilà. Il voulait savoir s'il n'y avait pas, parmi les paysans incarcérés, un certain Lionnet.

– Lionnet ? Je n'ai pas ça.

Michel insista : Lionnet, Louis, d'Ajain.

– Puisque je vous dis que je ne l'ai pas ! J'en ai plein d'autres, d'Ajain, à vous offrir, pour sûr, mais rien de ce nom.

Michel aurait voulu qu'il vérifiât, mais il s'énervait à présent, si chaque fois on venait le déranger avec des questions, il n'en finirait pas. Et puis les noms, il les avait tous là ! et il se tapa sur le front avec le doigt.

A la sortie, un homme qui avait entendu la conversation prit Michel par le bras et lui conseilla d'aller voir à l'hospice, peut-être celui qu'il cherchait avait-il été blessé, un parent, sans doute ?

A ce moment, deux gendarmes sortirent de la prison, encadrant un prisonnier. Que se passait-il ?

– Il a eu l'autorisation d'aller visiter son frère blessé qui est en train de mourir, leur expliqua-t-on.

Michel vit alors que l'homme pleurait comme un enfant.

– Comment s'appelle-t-il ?

– Quelque chose comme Douez, ou Douais, ou Doize, allez savoir.

A l'hospice, c'était pire qu'à la prison. Des femmes barraient la porte. On entendait des cris, des pleurs. L'un des blessés venait de mourir. A deux heures de l'après-midi.

Michel demanda son nom. On ne savait pas. Puis quelqu'un dit : C'est Martin Durand, de Villechabut, et se retourna contre le mur, les mains tremblantes.

Soudain, il aperçut le docteur Moreau, le médecin militaire, et réussit à le rattraper. Il fut frappé par son air las, harassé.

Courant à ses côtés :

– Docteur, je vous en prie, je cherche un certain Lionnet, d'Ajain.

– Je n'ai pas entendu ce nom.

Mais il ne pouvait rien assurer, il y avait beaucoup de blessés. Il soupira : l'hospice manquait de moyens. Les plaies étaient affreuses.

– Ah ! mon pauvre ami, voir ça, de nos jours, ce n'est pas supportable. Dès que j'aurai fini ma tâche, ne le répétez pas, mais j'envoie ma lettre de démission.

Michel revint, à la fois navré et soulagé. Comme il prenait le chemin de la maison, il décida brusquement de faire un détour. Il ne voulait pas rentrer tout de suite. Il sentait le besoin de marcher, de se retrouver seul, de mettre de l'ordre dans ses pensées.

Il fit le détour par Maindigour, traversa des champs, rejoignit la ferme du Breuil, dépassa le lavoir, suivit le chemin en lacets qui descendait vers la Naute.

Là, il s'arrêta au bord du ruisseau, dans l'odeur des reines-des-prés, écoutant le murmure de l'eau entre les joncs et les roseaux. Des libellules vert-bleu frissonnaient, comme hésitant à se poser. Il suivit le jeu des filets d'eau glissant sur le sable, l'ombre portée au fond par des feuilles tombées, qui tourbillonnaient un instant puis s'en allaient emportées par le courant.

Un martin-pêcheur fila au ras de l'eau, et il lui en resta dans les yeux un sillage d'un bleu si éblouissant qu'il en ressentit une impression étrange de beauté presque irréelle. Par contraste, l'idée du malheur revint le frapper. Avec ce sentiment de devoir demander pardon d'un mal qu'il aurait commis sans le savoir.

Cette journée de juin, ce 15 juin, jamais il ne l'oublierait. Il n'avait pas voulu de mal. Il n'avait qu'obéi. Il n'avait pas tiré mais, si on le lui avait commandé, ne l'aurait-il pas fait ? C'était cela sans doute qu'Honorine devinait.

Il avait eu des certitudes, à présent il n'avait plus que des doutes.

Il pensa à Lionnet. Il en parlerait à Honorine.

Honorine. Active, toujours sûre d'elle. Elle ne comprenait pas combien il pouvait être malheureux. Il l'enviait : sans doute était-elle plus forte que lui.

Le soir tombait. Il en sentit la fraîcheur et frissonna. Il respira une dernière fois l'odeur de l'eau et des reines-des-prés et lentement remonta.

Vers le Maupuy, le ciel s'embrasait de grandes lueurs rouges, là-bas, au-dessus des Coussières.

Il repassa devant le lavoir qui miroitait dans le couchant comme une flaque. Le concert fracassant des grenouilles s'arrêta pile à son passage, puis reprit derrière lui, encore plus sonore, râles de gorges et claquements de bulles.

Au gros tilleul, il bifurqua et remonta le petit chemin creux, allant sur Chandonnet, prit la route et arriva devant sa porte. La promenade lui avait fait du bien. Oui, il allait parler à Honorine.

Mais la maison était vide. Le couvert mis sur la table. Le portrait du docteur Guisard, retourné, le nez contre le mur. Il sourit.

Les petits sabots noirs n'étaient plus sur le palier. Il souleva la targette de la porte du jardin, s'avança sans bruit, suivit l'allée et, là, au détour, il la vit, sous le lilas, assise, le visage tourné vers le ponant. Dans le soir qui tombait, il resta sans bouger, à contempler le profil doux de ce visage qu'il aimait tant. Et ce visage qu'il observait à la dérobée lui apparut différent de celui de tous les jours qu'il connaissait. Les yeux fixés vers un lointain inaccessible et en même temps plongés dans une rêverie intérieure, il reflétait une telle mélancolie que Michel eut honte de se sentir là, caché, comme volant un secret.

Car il comprit à cet instant que par-delà le faubourg, ses rues et ses jardins, par-delà les collines et les étangs, tournée en direction de Saint-Vaury, c'était le Peyroux qu'elle cherchait, son village du Peyroux.

Il en eut le cœur serré.

45

Sylvain Amathieu n'avait pas voulu rester. Sa mission était accomplie. Perrin avait été rendu aux siens.

A son tour il devait rentrer, rejoindre sa famille, sa femme qui devait se tourner les sangs.

On avait tenu à l'accompagner, mais il préférait être seul à présent. Il quitta Martin et La Marche, gardant longtemps dans les oreilles les pleurs, les gémissements des femmes. Puis une fois éloigné du bourg, il prit par les champs, suivit le ruisseau. Il connaissait chaque buisson, chaque tournant de chemin.

Il avait hâte d'annoncer qu'il était vivant.

Il savait que la rumeur allait vite. Déjà, à Pionnat, on connaissait le nom des blessés et celui des absents.

Comme si, par les campagnes, le malheur avait ses pistes, ses sentes particulières, ses passes de bête par la broussaille, ses coulées dans le vent.

Cependant on se disait aussi que jamais rien n'est sûr. On espérait que tel qui manquait était peut-être resté caché quelque part dans un taillis, ou enfoncé à mi-corps dans l'eau d'un étang, allez savoir, il pourrait ressurgir plus tard, tel un ressuscité.

Quand il arriva enfin en vue de son village, Sylvain fut

signalé comme si depuis longtemps déjà on le guettait. De loin, il entendit des pleurs, des cris, des appels. De maison à maison, résonnait son nom. Et les gens sortaient sur le seuil et se précipitaient vers lui.

Il la reconnut de loin sur la route, qui courait, sans coiffe, les cheveux dans le vent. Maria.

Elle se jeta sur lui, ouvrit sa veste, puis sa chemise et resta, la joue contre la peau de sa poitrine, en sanglotant. Il essayait de la calmer, mais elle hoquetait.

– Je t'ai cru mort ! Je t'ai cru mort !

Amis, parents les escortaient et ils allèrent ainsi, lui presque la portant, jusqu'à leur porte. Des groupes d'enfants sautaient autour d'eux en criant, d'autres, plus petits, restaient muets de stupeur.

Plus tard, ils ne se souviendront de rien, pensa-t-il, et nous ne leur en dirons rien non plus. Il vaut mieux taire pareil malheur.

Porte refermée, dans la pénombre (il n'y avait pas de fenêtre), il retrouva l'odeur de la maison, du bois, de la paille, l'odeur de suie et de braises encore chaudes, et respira longuement, en fermant les yeux. Il n'avait pas faim. A Pionnat, dit-il, le Jean... Mais elle savait. Tout le monde savait déjà.

Il but l'eau glacée du puits et se jeta sur le lit comme une masse, agrippa le drap pour s'en couvrir la tête et sombra dans le sommeil.

Il dormit longtemps, sans savoir s'il était jour ou nuit, comme si jamais il ne devait se réveiller. Un moment, sa femme avait dû le rejoindre, il eut une impression confuse du poids d'un corps, il la reconnut à son odeur, mais il ne se réveilla pas.

C'est longtemps plus tard qu'il fut repris par la galopade de chevaux noirs qui revenaient hanter sa nuit, toujours à sa poursuite, il distinguait même le martèlement de leurs sabots.

Une main violente heurtait la porte.

On entendit ces mots :

– Au nom de la loi…

Puis comme un couperet la sentence :

– …ouvrez !

Les mains tremblantes, Maria était allée ouvrir.

Dans l'encadrement de la porte, contre le petit jour blême, se détachait une ombre.

C'était le maréchal des logis Pialut, un mandat d'arrêt à la main.

46

Des preuves, il fallait des preuves.

Dès le 16 juin, le juge Goursaud-Lajousselenie, flanqué de gendarmes, du commissaire Blanpin, du secrétaire et d'un huissier, se rendit sur les lieux pour trouver des preuves.

Pendant que les gendarmes ramassaient les plus gros objets, fourches, fusils, drapeau, tambours, les autres examinaient le sol, le nez à terre comme des limiers, cherchant en particulier des traces de balles. On remarqua un impact dans un mur de l'auberge Belon, mais de quand datait-il ? Un autre dans un peuplier, vous notez ? répétait le juge à son secrétaire qui avait sorti un énorme carnet noir de sa poche. Il avait plu pendant la nuit, la bourre des fusils avait fondu, on ne pouvait plus rien prouver. Des cartouches jonchaient le bas du poteau indicateur, mais à quoi bon ?

Sur ces lieux, le juge ne voulait pas trop penser à ce qui s'y était passé, son métier était de dresser une liste d'objets, un point c'est tout, pourtant il se sentit peu à peu mal à l'aise et ne s'attarda pas.

D'ailleurs, la pluie avait lavé le sang. Il restait peut-être, çà et là, quelques taches plus sombres qu'il valait mieux ne pas voir.

Ils rentrèrent.

Dans le cabinet, le juge, l'air las et accablé, fit venir le greffier pour tout consigner. Le greffier, visage fripé, teint jaune, lunettes au bout du nez, s'installa devant son bureau.

Alors le secrétaire sortit son carnet de sa poche, enleva l'élastique et, après l'introduction d'usage, la date et l'heure, se mit à dicter méthodiquement, d'un débit mécanique et d'une voix chuintante, la liste des objets trouvés :

1. Onze fourches à deux branches de grandeur ordinaire, le manche de l'une de ces fourches est taché de sang.

Il s'arrêta et la plume grinça dans le silence.

2. Trois fourches à deux branches d'une dimension beaucoup plus petite.

3. Trois fourches à trois branches.

– Considérant les fourches, je crois que c'est tout, dit-il en jetant un coup d'œil sur la suite.

4. Deux serpes, à long manche.

– C'est, je crois, ce qu'on appelle un gouyard, dans les campagnes, indiqua-t-il à titre d'information.

5. Deux gros bâtons.

6. Un sabre de garde national, le baudrier est taché de sang et a été traversé par une balle, le fourreau de ce sabre est en fer-blanc.

Il répéta en fer-blanc et releva la tête pour voir si l'autre suivait bien.

7. Sept fusils de munition, trois de fabrique anglaise, dits fusils gisquet, un seul de ces fusils paraîtrait être chargé…

Le juge sembla soudain intéressé.

…mais n'a plus de pierre, un autre manque de la vis qui maintient le chien, un autre manque de…

Le juge dodelina de la tête. Penser qu'à cause des frayeurs du préfet, il n'avait pas fermé l'œil de la nuit, et cette voix qui épelait les mots comme s'il s'agissait d'une dictée pour mauvais élèves.

8. Un fusil double, de belle qualité, reconnu pour être celui appartenant à M. Boiron. Ce fusil est à pistons et garni de sa bretelle en cuivre.

– En cuivre ?

L'autre regarda mieux. Faites excuse, que disè-je, en cuir, bien sûr.

Le greffier raya le *v* et le *e*.

Le onzième objet était *un fusil simple à piston, en bon état, non chargé, ayant une ficelle pour bretelle*... la voix resta suspendue, *virgule*, dit-elle, *le fusil tout couvert de sang.*

Le juge eut un moment de faiblesse ; sa tête tomba sur sa poitrine.

Impitoyable, le secrétaire continuait. Tête penchée, tirant la langue, le greffier commençait à peiner et faisait des ratures.

– Vous y êtes ? Au 16 ce sont *deux tambours en bon état*, au 17 *deux poires à poudre*... au 18 *une corne contenant deux charges de plomb à tirer le lièvre.*

– A tirer le lièvre, répéta l'autre entre ses dents.

19. Un drapeau tricolore, en toile de coton...

Il éleva la voix pour répéter « en toile de coton » avec l'intonation d'un marchand forain qui vante sa marchandise. Du coup le juge se réveilla en sursaut.

...le drapeau est taché de sang et déchiré en plusieurs endroits.

– On arrive à la fin, dit le secrétaire, compatissant.

20. Cinq sabots de diverses grandeurs.

Le greffier répéta : Cinq sabots de diverses grandeurs.

Le juge grommela quelques remarques inaudibles. On relut. Tous signèrent.

Le juge soupira.

Les jours à venir, il allait devoir procéder aux interrogatoires. Il l'avait écrit : les inculpés sont en nombre infini...

Et rendre compte au préfet. Il l'imaginait déjà, arpentant son bureau, faisant craquer ses doigts. Cet homme était infatigable et semblait ne pas avoir besoin de sommeil. Il devait déjà demander : et les troupes, sont-elles enfin arrivées ? Et les preuves, qu'avez-vous trouvé ?

47

– Les preuves, en avez-vous trouvé ?

Le juge sortit de sa serviette trois grandes feuilles.

– Les voici, monsieur le préfet.

Après lui avoir jeté un regard perplexe, Bureau-Desétiveaux prit les pages et lut. A mesure, ses sourcils semblaient se lever de plus en plus haut.

– Et c'est tout, des fourches, des sabots, une poire à poudre, des fusils hors d'usage, des bricoles ! Vous n'avez rien d'autre ?

Il montrait outrageusement qu'il avait peine à maîtriser son indignation. Ainsi, les projectiles, les cartouches, les points d'impact, rien n'apparaissait.

L'air circonspect, le juge fit remarquer qu'il avait plu pendant la nuit…

– Et alors ? répondit le préfet, furieux.

Il pensa lui demander s'il avait eu peur de mouiller ses bottines, mais se retint.

– Conséquemment, reprit le juge, la bourre ayant été mouillée, la saisie des cartouches était devenue inutile.

Inutile ! L'œil critique, le préfet dévisagea Goursaud-Lajousselenie.

– Les impacts de balles. Vous n'allez pas me faire croire qu'il n'y avait pas d'impacts de balles ! ?

– Si ! En effet nous en avons trouvé un sur un peuplier.

– Vous le montrerez aux experts. Et les autres ?

– Les autres, je pense, sont, monsieur le préfet, dans les corps des victimes.

Mais le préfet préféra changer de sujet. Il demanda comment se déroulaient les premiers interrogatoires. Le juge répondit que les prévenus disaient à peu près tous la même chose et que, vu leur nombre, cela durerait au moins tout l'été. Sans doute avait-on fait trop de prisonniers.

Puis, d'un pas digne, inclinant le buste avec solennité, il prit congé.

Comme chaque fois, le préfet sentit, après son départ, monter en lui une sorte de sourde hostilité. Le juge laissait derrière lui une odeur indéfinissable, un parfum de passé, de temps révolus, d'Ancien Régime, de politesse trop raffinée pour être honnête, mélange de poudre de riz et de vieilles dentelles, un relent de nostalgie désabusée. Il fallait se méfier de ces gens-là, la République exigeait des hommes nouveaux. Et penser que la justice était encore rendue par ces perruques ! Cet imbécile allait écouter, une à une, les explications de tous ces paysans. On n'en finirait pas. Il avait décidé, heureusement, d'appeler en renfort des magistrats de Limoges et d'accélérer la procédure.

Trop de prisonniers ! Il n'y a jamais trop de prisonniers quand la République est en danger ! Penser à tous ces rebelles qui couraient encore les champs. Soudain il lui revint un nom en mémoire et il sonna.

Le pas habituel se fit entendre.

– Coignard, vous vous rappelez, ce Bourliou… L'a-t-on arrêté ?

– Ah, citoyen préfet, vous pensez bien que, pendant l'émeute, l'individu Bourliot n'est pas sorti de son trou. La gendarmerie se montre très diligente. Mais elle n'a pas encore pu mettre la main dessus. De ce cas précis, le capitaine Blocaille fait pourtant une affaire personnelle. Les gendarmes sont très pris en ce moment par toutes les arrestations…

– C'est inconcevable ! Qu'ils profitent de se trouver sur le terrain pour le suivre à la trace. Qu'ils se cachent derrière sa maison. Il possède bien des champs, des bêtes, des vaches, des moutons. Que les gendarmes fassent le guet, encerclent ses terres, s'emparent de lui pendant les moissons. Qu'on appose une affiche sur la ferme Bourliot.

– C'est déjà fait.

– Qu'on en colle une autre, qu'il sorte, qu'on le saisisse et qu'on me l'amène vif, pieds et poings liés. Il défie la loi, Coignard, il me défie, moi ! Faites le nécessaire auprès de la gendarmerie et que le capitaine Blocaille parte lui-même en campagne.

Coignard inclina la tête.

La prison était plus que pleine, la prison était bourrée à craquer, mais il comprit que pour le préfet, sans Bourliot, cette prison à présent était vide.

Il faut dire que, ce jour-là, le préfet venait de recevoir de Paris des nouvelles alarmantes. Décidément, l'affaire des ateliers nationaux tournait mal.

En plus, il venait d'apprendre qu'ici un mort avait échappé aux autorités. Comment cela avait-il pu se produire, alors que les gendarmes fouillaient chaque venelle, chaque buisson ? On lui avait organisé des funérailles en grande pompe, comme à un héros.

– Et puis il faudra rédiger des affiches pour appeler la population de la ville au calme. On raconte aussi des horreurs sur les gendarmes. Des affiches partout ! A ce propos, il serait bon de les coller par-dessus celle que Coudert-Lavillatte a adressée aux gardes nationaux, vous les avez vues, vous avez lu cela ? *Chers camarades, pleurons ensemble sur les malheureuses victimes...* Trop sentimental pour un militaire ! Faites-moi couvrir ces jérémiades. Expliquer. Toujours expliquer. Il faut aussi faire rentrer l'argent. On se plaint en haut lieu.

– L'argent, citoyen préfet ?

– Oui, les 45 centimes, parbleu ! La Creuse ne paie pas.

– Les 45 centimes, les 45 centimes, ah ah ! décidément...

– Que voulez-vous dire avec votre ah-ah, Coignard ? Eh bien, parlez !

Coignard se balançait d'un pied sur l'autre.

– Heu... citoyen préfet, ce n'est rien, je pensais à une chanson qui court en ce moment les rues sur ce sujet.

– Vraiment ? Eh bien, chantez-la !

– C'est que je chante faux.

– Récitez au moins les paroles et ne faites pas tant de manières.

Mais le secrétaire assura qu'il ne les connaissait pas par cœur, qu'il ne se souvenait de rien de précis, ni des couplets ni du refrain.

– Ne vous avais-je pas donné l'ordre de tout consigner, même les propos les plus futiles ? N'en auriez-vous pas tenu compte ?

Irrité, le préfet avait tapé sur la table.

– Si fait, citoyen préfet. J'ai certainement suivi vos recommandations. Il se peut que j'aie noté en effet...

En même temps il sortait un calepin de sa poche et se mettait à le feuilleter.

– Voilà, voilà !

– Eh bien je vous écoute.

Coignard toussota, comme pour s'éclaircir la voix, puis le nez sur la feuille lut :

Quand apparut la République
Dans les éclairs de février
Tenant en main sa longue pique
La France fut comme un brasier.

La voix s'arrêta. Le préfet regardait Coignard avec commisération. Mon Dieu, qu'il lisait mal !

– Je ne vois jusque-là rien de séditieux, au contraire. C'est très bien, rondement mené. Rimes riches. Je souhaiterais les avoir composés moi-même, ces vers. Voyons la suite, je vous prie.

Coignard prit son souffle. Décidément, il lui faudrait aller jusqu'au bout. Il s'en voulait d'avoir pris des airs entendus.

Il entama la seconde strophe :

Dans nos vallons et sur nos cimes
Verdit l'arbre de la Liberté
Mais les Quarante-cinq centimes

Là, il fit une nouvelle pause.

– Eh bien, nous y voici, les 45 centimes, alors les 45 centimes ?

Coignard termina dans un murmure :

Un jour plus tard ont tout gâté…

Le préfet restait imperturbable :

– Et c'est tout, juste cette chansonnette ? Et de qui sont, s'il vous plaît, ces vers de mirliton ?

– Je ne sais pas au juste. De Dupont, je crois, à ce que l'on dit du moins…

– N'y avait-il pas un refrain ?

– Un ajout, ah bah, sans intérêt aucun, on dirait de ces rengaines qui traînaient autrefois dans les campagnes, dans les chemins ou les veillées rustiques, inutile d'en parler.

Mais le préfet insistait.

– Cela sent le terroir, le vieux, le dépassé.

– Je veux sentir par moi-même. Coignard, cessez de prendre tant de précautions, j'en ai entendu d'autres. Lâchez votre refrain !

Oh ! Quand viendra la belle
Voilà des mille et des cent ans
Que Jean Guêtré t'appelle
République des Paysans !

Un silence tomba.

L'air coupable, Coignard baissait les yeux. Puis il se leva et se prépara à sortir sur la pointe des pieds.

Au moment où il allait franchir la porte, le préfet le rappela :

– A propos, qui est donc ce Jean Guêtré ?

48

On secouait la porte. On frappait au volet. Il était environ trois heures du matin. Un vrai branle-bas qui retentit dans la rue vide.

Michel se leva en hâte, courut à la fenêtre.

– Vite, vite ! On te demande d'urgence à l'atelier.

Il retourna prendre ses vêtements. Honorine s'était relevée sur le coude.

– Je parie que c'est encore pour une affiche, marmonna-t-il entre ses dents, plus de dix jours que ça n'arrête pas.

– Il n'y aura bientôt plus de place pour les coller, ah ! je sais bien, moi, où ils devraient se les mettre, leurs affiches, ces malfaisants.

C'était la voix enrouée d'Honorine.

En longue chemise de nuit de toile blanche et camisole, elle descendit du lit.

Elle voulait qu'il boive quelque chose de chaud avant de sortir, mais il répondit qu'il n'avait pas le temps et se jeta dans la nuit.

Le ciel était piqué d'étoiles. Le messager avait disparu, parti sans doute en réveiller d'autres.

Il passa l'octroi, suivit l'odeur nauséabonde des fossés, gagna le carrefour du faubourg de la Boucherie. Là, sous un toit, un fenestron luisait comme un œil jaune, clignotant dans la nuit. Il se demanda qui pouvait veiller ainsi à pareille heure ?

Arrivé rue du Marché, il entra dans la cour et poussa la porte de l'atelier sur un grand brouhaha. Dugenest père se tenait là, bien droit, et lui jeta un regard perçant et amical par-dessus ses petites lunettes cerclées de fer, l'air de dire : Enfin vous voilà ! Le prote aussi leva la tête, habillé de sa longue blouse noire, impeccable et sévère, le metteur en page faisait de grands gestes et les commis passaient avec des mines effarées. On avait mobilisé le manœuvre, sorte d'Atlas, colosse tatoué comme un forçat, qui se tenait en attente, assis sur un tabouret qu'il écrasait de son poids, ses bras énormes croisés sur la poitrine.

– Commande du préfet, cria Joseph Dugenest au nouveau venu. L'affiche doit être prête à l'aube, collée au petit matin. Très importante, cette liste, a-t-il dit, très, très.

Les mots volaient par-dessus les machines.

Le titre était déjà prêt. Toujours le même.

RÉPUBLIQUE FRANÇAISE
LIBERTÉ ÉGALITÉ FRATERNITÉ
Aux habitants de la Creuse

et s'ouvrait par :

Citoyens.

A présent, c'était à Michel de jouer. Ses collègues n'étaient pas encore arrivés. Il était seul face au texte. Il fut surpris par sa longueur, sa densité, la petitesse des lettres. Il pensa qu'à une certaine distance personne ne pourrait le lire. Mais ce n'était pas son affaire.

Il se pencha au-dessus de son pupitre, dans le bourdonnement des voix, l'odeur des encres. Reprenant les gestes mécaniques, sa main allait toute seule chercher les caractères, les placer dans le composteur, avec une dextérité prodigieuse, depuis tant d'années qu'il faisait ce métier, combien déjà ? Huit, neuf… il se mit à les compter : dix ans ! Il aurait pu, les yeux fermés, reconnaître rien qu'au toucher la tête des lettres, les avancer ainsi pour former le mot et le mot s'imbriquait tout seul, sans calcul ni réflexion, avec des blancs, se groupant en phrases et les phrases à leur tour s'alignant, avec la respiration des interlignes. Cependant, peu à peu, il comprit qu'il s'agissait de la journée du 15 juin. Il soupira. Chaque jour, elle le poursuivait ainsi à l'atelier, quoi de plus normal, puisqu'on ne parlait de rien d'autre. Le 15 juin, pensait-il, tout en disposant ses caractères, ah s'il avait pu biffer cette date du calendrier. Passer du 14 au 16. Un jour oublié. Un jour pour rien. Un jour comme un grand blanc sur la page. Une trouée, un vide, une lacune d'un temps distrait.

Sous sa main, les caractères ainsi se succédaient, déroulant les phrases. Il avait l'habitude de lire à l'envers. Malgré sa fatigue et sa somnolence, il repéra des mots : *autorité*, *répression*, *châtiment*, *séditieux*, *désordre*, *manœuvres*, *criminel*, quelques morceaux de phrases, comme *nos trop crédules habitants de la campagne*.

Habitants de la campagne… Soudain, à ces mots, il revit l'auberge Belon, il entendit le vacarme des voix, les discussions dans le tintement des verres, il sentit à ses lèvres le goût doux-amer de la bière fraîche, pensa que cela aurait pu prendre un air de guinguette, à la sortie de la ville, sous la tonnelle, quand s'attarde le soir et que le soleil rougeoie dans les verres.

Ses doigts s'activaient. Il composa *pont sur la Creuse* et le mot *gendarmes* qui revenait sans cesse, gendarmes, gendarmes, encore gendarmes. Contre les rumeurs qui couraient en ville, les mots qu'il écrivait là prenaient la défense des gendarmes. Mais il ne suivait pas bien le propos. La fatigue à nouveau l'envahissait. Une sorte de torpeur. Il pensa qu'il aurait dû prendre un café avant de partir. Un jour il irait à Ajain. Il prendra un bâton, passera l'auberge Belon, descendra la côte de Bellevue ; marchant tout droit, il s'arrêtera sur le pont écouter le bruit de l'eau sur les pierres, puis reprendra la route. Il ira dire bonjour, sans cérémonie, voilà, il avait décidé de passer, comme il l'avait promis, et il racontera sa peine.

L'autre l'interrompra : Ne parlons pas de tout cela, sur ce ton, comment était-ce déjà ? Il le retrouva avec les mots : Les femmes, c'est gentil, mais têtu, ou capricieux, avait-il dit, oui, quelque chose de ce genre, et, de retrouver la voix, il revit en même temps le regard, les yeux si bleus et amicaux.

A ce moment, il s'aperçut que les lettres avaient changé.

Il rangea la casse.

En prit une autre. Mon Dieu, le poids des casses. Celle-là lui parut plus lourde et, dans un éclair, il eut le pressentiment qu'un soir ou un matin comme celui-là, il mourrait sous une casse. Elle le broierait sous le poids des mots.

Quelqu'un lui toucha l'épaule.

– Non, merci, dit-il, je dors à moitié, mais je suis lancé. J'irai jusqu'au bout.

Il prit les gros caractères et forma le mot

LISTE

et s'aperçut alors qu'il s'agissait d'un encadré avec des caractères tous différents, selon les noms, prénoms, âge, domiciles et professions. Ce n'était pas difficile, en colonnes serrées, mais il sentit tout à coup un malaise et le mot *morts* lui apparut, résonna dans sa tête et il comprit qu'il devait dresser, à son tour, une liste, la liste des morts du 15 juin, enfin identifiés, et il fut pris d'un frisson.

D'habitude, il ne prêtait aucune attention à la signification du texte mais, ici, tous ses sens semblaient en alerte.

La main, comme si elle ne lui appartenait plus, marchait d'ordinaire toute seule. Or, cette fois, comme saisie de crainte, elle avait ralenti le rythme.

Elle avait déjà formé des noms : Bord, Aufaure, Philippon, Chaudron, Aguillaume, Granpeix, Malhardier et Bourlot.

Soudain il la vit prendre les lettres *t* puis *e*, puis deux fois *n*, puis *o*, *i* et le *L* majuscule.

Oh non, ce n'est pas possible, murmura-t-il, un homonyme sans doute, mais les doigts entassaient les caractères :

LIONNET, Louis, scieur de long, 40 ans.

Il eut comme un choc en pleine poitrine.

Ce fut comme si, entre ses doigts, il tenait le fil d'une vie et allait le rompre. Comme si, par sa faute, les caractères allaient en s'imprimant effacer cet homme pour toujours. Il l'avait aligné, lettre à lettre, mot à mot, et on allait le tirer, le tuer à nouveau sur cette page maudite, dans le noir des encres.

Ainsi s'était-il fait annonciateur de mort, semblable à la longue femme maigre qui passait dans les rues, de maison en maison, criant le nom d'un défunt à la cantonade.

Joseph Dugenest s'approcha :

– Ça ne va pas ?

– Si, si, ça va aller.

Il releva la tête. La sueur lui coulait sur le front, sur les joues, comme des larmes. Il vit les visages surpris, le prote, une main en l'air, arrêté dans son geste, tout lui parut irréel, tout basculait et tournait autour de lui.

– Vite, de l'eau, apportez-lui à boire !

Peu à peu, il reprit ses esprits. Alors, un instant, il eut envie de tout jeter, de se rebeller contre l'ordre des lettres, les manœuvres des phrases, les pièges et les mensonges des clichés, pour revenir à un autre ordre, une harmonie où les mots seraient lisses et doux, amitié, amour, ruisseau, libellule, châtaignier, clorozeau…

– Que raconte-t-il ?

– Je crois qu'il ne sait plus ce qu'il dit. La fatigue… Cette affiche aussi, cette liste…

Il buvait à longs traits.

On voulut le remplacer, mais il annonça d'une voix farouche qu'il poursuivrait.

Alors il composa :

DEBELLUT, Silv. de Villechabut.

Il frissonna. Debellut, de Villechabut. Mais n'était-ce pas normal puisqu'ils étaient toujours ensemble ?

Lionnet et Debellut.

Debellut et Lionnet.

Puis, après la liste des blessés, il ajouta la phrase :

PERRIN, de Pionnat, transporté mort dans sa famille le 15 juin ; non entré à l'hospice.

Il murmura :

– Perrin…

Au 29 juin 1848 : 16 morts et 9 blessés.
Vive la République !

Le Préfet de la Creuse,
BUREAU-DESÉTIVEAUX

Guéret, Imprimerie Dugenest.

Michel s'essuya le front. Il avait fait sa tâche. On lui conseilla de rentrer chez lui.

Mais il resta. Il subirait l'épreuve jusqu'à la fin. Ce n'était plus seulement l'affiche de ce Bureau-Desétiveaux qui précisait : *Nous défions qui que ce soit de dire qu'il y a eu d'autres morts que ceux indiqués dans le tableau*, c'était bien autre chose. Il se sentait coupable pour tous, même pour ce préfet, il devait souffrir à son tour et ce serait son châtiment.

Il regarda le rouleau passer dans l'encre épaisse comme un goudron.

Il regarda la feuille mouillée que l'on posait sur la forme tel un linge sur un visage inanimé,

le feutre doux,

il vit une main saisir le tacquoir et entendit les petits coups secs amortis par le morceau de bois comme le bruit d'un marteau sur les clous d'un cercueil et tous, dans l'atelier, se tenaient là, debout, pour assister à la naissance de l'épreuve.

– Relisez la liste pour vérifier, dit Joseph Dugenest.

Une voix énuméra les noms qui résonnèrent dans l'atelier silencieux.

LISTE
des
Morts et blessés transportés à l'hospice de Guéret
par suite des événements du 15 juin 1848

MORTS

Bord, Martin, de Laboureix	*Pionnat*	*50 ans*
Aufaure, Jean, des Forges	*Idem*	*34 ans*
Philippon, Pierre, de Fot	*Idem*	*41 ans*
Chaudron, Laurent, fils	*Idem*	*18 ans*
Aguillaume, Jean, de Fot	*Idem*	*22 ans*
Granpeix, François, de Neuville	*Ajain*	*48 ans*

MALHARDIER, Jean, du bourg	*Idem*	*55 ans*
BOURLOT, Gabriel, de Rameix	*Idem*	*35 ans*
LIONNET, Louis, scieur de long	*Idem*	*40 ans*
DEBELLUT, Silv., de Villechabut	*Idem*	*25 ans*
BOURLIAUD, Jean, de Loubier	*Idem*	*30 ans*
DEVIGE, Jean, ouvrier maçon, de Rameix	*Idem*	*25 ans*

BLESSÉS

AGUILLAUME, François-Pierre, de Villechaud	*Pionnat*	*50 ans*
Décédé le 22 juin 1848 à deux heures de l'après-midi		
AUFAURE, Jacques, cultivateur à Villechaud	*Idem*	*50 ans*
CONCHON, Silvain, ouvrier	*Idem*	*47 ans*
LECHAT, Jean, ouvrier de Chassagne	*Idem*	*42 ans*
ANDRIEUX, Jean, au Chier-de-Lavaud	*Ajain*	*28 ans*
MARTIN, Silvain, à Fot, natif de Parsac	*Pionnat*	*40 ans*
Décédé le 17 juin 1848, à dix heures du matin		
ROUGIER, Jean, à Rougnat	*Ajain*	*51 ans*
RANDONNEAU, Pierre, à Neuville	*Idem*	*20 ans*
DURAND, Martin, de Villechabut	*Idem*	*36 ans*
Décédé le 16 juin, à deux heures de l'après-midi		
DEVOISE, Jean, de Moncheny	*Ladapeyre*	*31 ans*
PARENTON, Marguerite, femme de Martin Fourjaud, de Neuville	*Ajain*	*23 ans*
ROTHONNET, Alexis, boulanger	*Idem*	*24 ans*

PERRIN, de Pionnat, transporté mort dans sa famille le 15 juin ; non entré à l'hospice

L'affiche noire était prête.

Alors le colosse se dressa et, appuyant de toutes ses forces sur la manivelle, il actionna la grande roue.

Et cet homme qui ne savait ni lire ni écrire poussa la roue, pour distribuer au monde les nouvelles et la roue tourna en grinçant, et elle tourna encore et encore, comme tournoie le monde dans les ombres bleu-noir de la nuit.

49

Le matin allait se lever. Dans le fond du jardin, apparut une traînée de ciel d'un bleu blême et limpide qui fit ressortir le noir des branches du cognassier et des poiriers. Alors, pleins de verve, les oiseaux chantèrent à tue-tête. Honorine était allée faire son tour, regarder les rosiers, les lilas d'Inde, voir si grossissaient les balloches dans les haies et les groseilles sur les groseilliers, mais elles étaient encore vertes et grenues. Comme chaque fois, elle se tourna du côté du Peyroux et soupira. La ferme, le chant des coqs, les voix, la grande cheminée et l'énorme table avec ses bancs, l'odeur des bêtes, les poules que l'on chassait de la salle à grands coups de balai, tout ce monde, si proche, et pourtant perdu.

Elle laissa ses sabots sur le palier et, à ce moment, elle entendit la porte à l'autre bout du corridor qui se refermait.

Quand elle vit Michel, de retour de la ville, elle fut frappée par sa pâleur.

Elle fronça le sourcil :

– Tu es malade ? Puis levant les yeux : Ça y est, saint Valéry nous protège, il est malade !

Il secoua la tête et, sans dire un mot, s'en alla vers la pierre d'évier, trempa ses deux mains dans le seau, fit ruisseler l'eau sur son visage, et revint à pas lents, s'ébrouant dans un torchon.

Elle se souvint de son retour le soir du 15 juin, il avait eu les mêmes gestes, la même mine défaite.

– Que s'est-il passé ?

D'une manière confuse, elle sentait que ce mal avait quelque chose à voir avec l'affiche de la nuit.

– Je suis fatigué, réussit-il à dire, je vais me coucher, dormir…

Mais elle l'obligea à venir s'asseoir devant elle, sur la petite chaise basse.

– Regarde-moi dans les yeux, ordonna-t-elle avec l'autorité d'une mère qui veut faire avouer quelque bêtise à un enfant.

Il soupira et, après avoir hésité, se décida enfin à tout lui raconter, tout ou presque. Il parlait par bribes. En arriva à l'auberge Belon…

Alors il raconta sa rencontre avec un paysan, la sympathie soudaine.

– Toi, avec un paysan, et d'où est-il, ton paysan ?

– D'Ajain.

Elle fut surprise, un paysan d'Ajain ! Mais ils ne se connaissaient pas, et de quoi avaient-ils pu parler ?

Il hésita.

– De choses et d'autres. De tout. Du temps, de la pluie, je crois, et aussi de ses enfants.

– Ah !…

En fait, ils avaient échangé plus que des paroles. Il avait eu l'impression de trouver quelqu'un qui savait l'écouter, une sorte de frère aîné. Il ne savait comment lui faire comprendre…

Mais elle comprenait. Sa voix se radoucit.

– Et alors ?

Il hésita.

Il finit par dire que, cette nuit, il avait lu son nom sur l'affiche.

Elle sursauta :

– Ils l'ont tué ?

Il ne put répondre.

Elle fit un signe de croix.

– Mon Dieu, faut-il !

Et dans un chuchotement :

– Et c'est toi qui as composé l'affiche ?

Il baissa la tête.

A son tour, elle se sentit bouleversée. Elle resta un moment à regarder ce front, ces cheveux mouillés, puis elle lui releva la tête et, sans dire un mot, lui essuya doucement le visage.

50

Dès six heures du matin, ils sont arrivés à Guéret, petit groupe tout de noir habillé, redingotes et chapeaux hauts de forme, on dirait qu'ils se rendent à quelque enterrement d'un cousin de province.

Ce sont MM. Dalesme de Plantadis et Eustache Péconnet, conseillers à la cour de Limoges, raides et impeccables, à peine froissés par le voyage, accompagnés du procureur général et de son substitut, suivis du greffier en chef et du commis-greffier, suivis, bien sûr, de MM. Coudert-Lavillatte, substitut, et Goursaud-Lajousselenie, juge d'instruction, eux-mêmes suivis de deux agents de la force publique, du commissaire Blanpin, d'un maître-arpenteur et de son assistant, le nez rouge et qui bâille.

Au carrefour des routes d'Ajain et d'Aubusson, tout le monde s'est arrêté.

– C'est donc là ?

– C'est là.

Un vol noir de corbeaux criards tourne dans le ciel.

On ne parle qu'à mots couverts, comme devant une tombe encore fraîche.

Le substitut Coudert-Lavillatte observe les lieux et ne dissimule pas sa tristesse. Visiblement, il préférerait se trouver ailleurs, dans sa bibliothèque, parmi ses livres, à faire des recherches. Il a encore dans la tête le bruit des cris, des hurlements. Il lui semble entendre sa propre voix : « Ne tirez pas, surtout ne tirez pas ! »

Le commissaire Blanpin, qui ne partage pas ces états d'âme, fait de grands gestes pour expliquer aux nouveaux venus la disposition des troupes, le 15 juin.

Les gens de Limoges se dispersent, arpentent la route, tournent autour de l'auberge Belon, la maison de la Grave. Ils furètent, les yeux à terre, le long des fossés, des talus. On ne trouve rien. L'aspect de la route est désolé, comme s'il restait là une tache indélébile, une ombre longue et funeste.

De loin, un homme qui travaillait dans un champ regarde par-dessus la haie cet étrange cortège qui tourne en rond et s'affaire sur place autour du vide.

– On m'a parlé d'un impact précis que vous auriez repéré sur un arbre.

C'est Eustache Péconnet qui parle. Tout le monde se rapproche. On entend :

– Un arbre, quel arbre ?

– Un peuplier, ce sont des peupliers, vous voyez bien.

En effet, c'est sur un peuplier, à droite, en venant de la ville.

– Oui, mais lequel ? demande M. Dalesme de Plantadis.

Goursaud-Lajousselenie, le regard un moment voilé d'inquiétude, appelle le commis-greffier qui accourt, la mine ahurie, puis le greffier, oui il a noté, voici, c'est bien ce peuplier.

– Ah ah ! s'exclame Eustache Péconnet, la mine d'un détective sur une piste, voyons ceci de plus près.

Dérangés, trois corbeaux s'envolent, croassant de colère.

– En effet, en effet, voilà bien une trace de balle. Mesurons, messieurs. Prenons note.

L'arpenteur et son assistant s'approchent. Ils déroulent leur chaîne. L'assistant s'empêtre, n'en finit pas et se frotte le nez. On entend : Cinquante, soixante, soixante-dix...

– Voilà, arrêtez, c'est parfait. A soixante-dix mètres du lieu de l'événement.

On s'écarte. On mesure à présent le tronc du peuplier.

– Deux mètres. A deux mètres de hauteur.

Quelqu'un répète : Deux mètres de hauteur.

Eustache Péconnet se mouche discrètement. Dalesme de Plantadis étouffe un bâillement derrière son gant et se penche vers le juge en murmurant. L'autre assure qu'il y a aussi la liste des objets trouvés sur les lieux. Trois pleines pages. Il les tient à sa disposition.

Quand le procès pourra-t-il commencer ? Le procureur regarde le ciel.

– Voyons, disons un bon mois d'interrogatoires. Cela nous mène en août...

Les corbeaux tournoient dans le ciel en poussant des cris puis, lorsque le groupe des hommes noirs disparaît, ils se rassemblent et se posent sur les branches de l'arbre suspect et croassent avec férocité, concert d'invectives rauques et fiévreuses.

51

Pendant tout le mois de juillet, les interrogatoires des prévenus et des témoins se poursuivirent à longues journées.

Sans cesse répétées, les mêmes paroles résonnaient entre les grands murs gris du palais de justice de Guéret :

Quels sont vos nom, prénoms, âge, état, profession, demeure et lieu de naissance ?

Dans la salle, la chaleur était torride. Tant d'inculpés, tant de témoins, une foule, toute une population déplacée. Et le préfet qui faisait encore procéder à des arrestations.

– Jamais nous n'y arriverons, gémit Eustache Péconnet, pendant une pause dans le couloir, s'éventant avec un journal.

– Jamais ! Je vous l'avais bien dit, soupirait en écho Goursaud-Lajousselenie. Et on nous accuse d'être trop lents.

Le matin, cela allait encore, mais le soir !

Inlassablement, ils posaient et reposaient la question :

– A quel moment êtes-vous allé à Ajain dans la matinée du 15 juin ?

Les réponses variaient un peu :

Je n'avais pas eu le temps de manger ma soupe.

Je travaillais à ma terre.

Je faisais mon blé noir.

J'étais occupé à tailler la pierre.

On m'a dit personne ne doit broquer. Point de fainéants. Alors moi, monsieur le juge, j'ai suivi.

Je venais d'atteler mes vaches pour aller labourer quand je fus abordé par Jean Jouanneau : Allez, rentre tes vaches, Nicot, et viens, qu'il me dit.

Je travaillais dans la grange quand sont venues des femmes de Grosmont. Il y avait la Caty et la Graveronne. Elles m'ont dit de venir à Ajain et que, si je ne n'y venais pas, elles me casseraient les reins.

– Et vous, Antoine Brunaud, maçon à Grosmont, à quelle heure vous rendîtes-vous à Ajain ?

– Comment ?

– A Ajain, à quelle heure y êtes-vous allé ?

– Une demi-heure ou trois quarts d'heure après le soleil levé.

Enfin une femme ! Elle est jeune, accorte, et n'a pas froid aux yeux. Le juge a relevé la tête. Le greffier aussi.

– Greffier, écrivez donc, au lieu de bayer aux corneilles. Léonide Desessart, nous écoutons votre témoignage.

Le greffier écrit :

Le 15 du courant pendant que nous prenions notre repas avec les deux frères Cotte qui faisaient chez nous des sabots à la journée, le nommé Furet du Monteil vint dire à ces deux jeunes gens de se rendre à Ajain, il dit la même chose à mon père. Il ajouta que s'ils ne venaient pas, ils auraient un procès-verbal.

Et elle s'en va, le pied léger. La jolie bergère est partie.

Au suivant :

– Louis Naudy, étiez-vous armé ?

– Je ne portais qu'un petit bâton gros comme ça.

Il a levé en l'air son petit doigt.

Le juge soupire.

– Et vous, Parenton, pourquoi vous rendîtes-vous à Guéret ?

– Mon maître me l'avait défendu, mais j'y suis allé tout de même comme on va à une fête.

Le juge a pris un air sévère :

– Jean Brelingard, laboureur, qu'avez-vous fait à Ajain ?

La question est lourde de menaces.

– Je ne sais avoir rien fait.

Le juge sursaute :

– Comment ! N'avez-vous pas sonné le tocsin ?

– Dans l'église, j'ai tiré la corde de la cloche.

Le juge ferme les yeux. Il sait qu'à force de sonner, la cloche est cassée. Mais comment amener une cloche au tribunal, parmi les pièces à conviction ?

Par contre, il s'acharne sur le tambour. Mais se heurte à des réponses confuses :

C'est le nommé Brunot qui battait la caisse.

Non, c'était Bouchard.

Pas du tout, c'est Sementery.

Sementery a un alibi. Il était au marché de Jarnages.

C'était Brunot, mais ce n'était pas lui, parce qu'il battait si mal, on a passé la caisse à Martin Lamy.

Comme j'avais servi, on m'a engagé à battre la caisse, mais seulement jusqu'au Pont-à-la-Dauge.

Ensuite, on ne sait plus.

– Et vous, Alexis Rothonnet, ne vous jetâtes-vous pas à la rivière pour échapper à une arrestation ?

Consignant la déposition de Rothonnet, le greffier pense à la rivière, à un bain dans l'eau fraîche de la rivière. Il soupire. Par cette chaleur, la sueur coule de son front et une longue goutte reste suspendue au bout de son nez.

Il faut en finir cependant. Encore un, le dernier de la journée, annonce Eustache Péconnet, implacable.

On appelle le prévenu suivant.

Il était là, tout près, et semble bondir des coulisses.

Tandis qu'on lui fait décliner son identité, le juge sent une torpeur l'envahir.

Il pose machinalement la question :

– Où étiez-vous le 15 juin ?

Il entend :

– Le 15 juin monsieur le juge, à deux heures de l'après-midi environ, je me rendis à Châteauvieux, commune de Pionnat, puis de Châteauvieux, comme je vous l'ai dit, au Villard, commune de Saint-Sulpice-le-Guérétois où demeure, en qualité de colon, Jean Granpeix, mon oncle, époux de ma tante Jeanne Granpeix, née Devoize, sœur de mon père, et je me proposais de lui donner des nouvelles de son fils Jacques Granpeix qui avait écrit de Tours à sa femme Marie Granpeix, une fille Philippon, notre cousine, sœur de Jean Philippon, tous deux neveu et nièce d'une sœur de ma mère, née Boiron, originaire des Gouttes-Noires, commune de Jarnages et par la suite…

Le juge s'éponge le front.

– Au fait ! Au fait ! Vous avez bien été arrêté par les gendarmes, non pas aux Gouttes-Noires, mais sur la côte de Bellevue, oui ou non ?

Le prévenu écarquille les yeux.

– Ah ! s'exclame-t-il, comme dérouté par un tel raccourci, sans doute, sans doute. Il est vrai que, sur le chemin du retour, après avoir quitté le Villard, commune de Saint-Sulpice-le-Guérétois comme j'ai déjà précisé, alors qu'il était dans mon intention de rendre visite à un mien cousin, Sylvain Durand, fils de germain, du côté de feu la mère de ma femme, née…

– Non, non, s'écrie le juge, congestionné. Emmenez le prévenu, qu'on le relâche, qu'il rejoigne sa famille, mais qu'on m'en débarrasse !

Se penchant vers le greffier :

– Je n'en puis plus…

Et soudain :

Se moquerait-il de moi ?

L'autre esquisse un haussement d'épaule qui signifie : allez donc savoir…

52

A plat ventre dans l'herbe, près d'une haie et sous l'avancée des branches d'un gros chêne, le capitaine Blocaille se tient à l'affût, dressé sur les coudes.

A distance respectable, ses subordonnés, les gendarmes Bardet, Blaise et Simon, se dissimulent également derrière des buissons, de l'autre côté du chemin, tandis qu'au bout de leur longe les quatre chevaux broutent paisiblement avec consigne de ne point hennir.

Dès l'aube, ils avaient investi le village de Loubier. Loubier, à nouveau ! La femme Bourliot avait crié :

– Encore vous ! Vous ne nous laisserez donc jamais en paix ?

Rouge de colère, elle s'était plantée, bras écartés devant ses enfants qui hurlaient de peur.

Ils avaient l'ordre de perquisitionner. Elle les suivait pas à pas de ses cris aigus : Puisque je vous dis qu'il est pas là ! Ils s'en doutaient bien, mais les ordres sont les ordres. Le préfet insistait : il voulait Bourliot à tout prix

Alors ils fouillèrent la maison, à la recherche de papiers compromettants, sortirent dans la cour, tandis qu'à toutes pattes les poules s'enfuyaient en gloussant d'effroi. Dans la grange, rien. Restait l'étable. Là-dedans, les vaches, affolées, s'étaient mises à faire un vacarme de tous les diables, coups de sabots, coups de cornes. Qui y va ? Allez, Simon, à vous, vous n'allez quand même pas me dire que vous avez peur des vaches, hein, Simon ?

Il était ressorti, pâle, crotté jusqu'aux aisselles, de la paille sur son bicorne.

Et bien sûr, pas de Bourliot.

Au village, personne ne voulait parler.

Enfin un vieux avait hoché la tête :

– Le Bourliaud, il est mort. Les gens de Guéret l'ont tué.

Simon, qui sortait d'une épreuve difficile, s'énervait.

– Il n'est pas mort, il est bien vivant, puisque le chef et nous, on le cherche.

– Le Bourliaud Jean, il est mort.

– Il ne s'agit pas de Jean, mais de Sylvain. Bourliot Sylvain, tête de mule !

– Laissez-moi faire, dit Blocaille qui jugeait son subordonné peu diplomate. Sylvain Bourliot, mon brave, nous sortons de chez lui, vous le connaissez, n'est-ce pas ?

Sûr qu'il le connaissait, mais il ne revenait plus au village, ni de jour ni de nuit. Sa terre ? A un bon mille d'ici.

On avait fini par repérer le champ. En pleine moisson.

Entre les feuilles de la haie, Blocaille surveille donc le champ et la moisson.

Il aperçoit des silhouettes. Rien que des femmes et des vieillards. Les vieillards fauchent, les femmes lient les gerbes. Leurs voix lui arrivent, assourdies.

Pas un seul homme vaillant.

Blocaille pense que celui qu'ils cherchent peut, comme le loup, sortir du bois, à tout moment. Il suffit de guetter et d'être là.

Il l'imagine : un grand costaud, en sabots, le voilà, c'est lui, Bourliot Sylvain (depuis le temps qu'il hante ses nuits,

Blocaille le reconnaîtrait entre mille). Il a passé la barrière, la referme derrière lui, coule un regard méfiant à gauche, à droite. Ah ! le scélérat, il ne se doute de rien. Il pense qu'à l'heure de midi, par cette chaleur, personne ne restera là, à rôtir sous ce soleil de feu. Eh bien, c'est qu'il ne connaît pas le capitaine Blocaille, sa patience, son obstination. Il suffira d'appeler les autres et de te le saisir au collet, Ah ! mon gaillard ! je te tiens !

Mais les heures passent, personne n'apparaît. Après la pause, les moissonneurs ont repris le travail. Les mêmes gestes. Les mêmes chapeaux de paille, il s'est mis à les compter, s'embrouille.

La chaleur, même à l'ombre, est insoutenable, surtout sous cet uniforme. Il déboutonne sa tunique, passe la main derrière son col. Il est en nage.

Quel métier ! pense-t-il. Et les gens s'imaginent que l'on fait tout cela par plaisir. En vérité, lui et ses collègues en ont par-dessus la tête. Se lever en pleine nuit, galoper jusqu'à ce que pointe l'aube. Taper aux portes. Crier : Ouvrez ! Se faire traiter de tout, de canailles, de fainéants. Fainéants, alors qu'on vient de quitter son lit douillet, son épouse, pour se faire jeter des pierres.

Mais les gendarmes vont réclamer une indemnité. Saint-Germier et lui ont calculé au plus juste et sont tombés d'accord sur le chiffre de 848 francs et 40 centimes. Et ce n'est pas cher payé, quand on pense au travail pénible qu'ils font : être obligés de voyager la nuit pour arrêter les paysans au matin.

Il a arraché une longue herbe et la mâchonne entre ses dents avec irritation.

848 francs et 40 centimes. C'est qu'il faut aussi nourrir les chevaux, prévoir le logement et le repas.

Ah non, ça n'est pas cher payé.

Blocaille regarde autour de lui le pâtural où, dans les hautes herbes, les fleurs de pissenlit montées en graine forment des bulles pâles qui s'envolent dans les airs. Il les suit des yeux. Impossible de les compter, tant il y en a. Une odeur suave lui monte au nez. D'où vient-elle ? Il se répète comme une rengaine : 848 francs et 40 centimes dans le crissement des criquets et la sourdine entêtante des abeilles, 848 francs et 40 centimes… Un gros bourdon poilu vole et s'enfonce dans la corolle d'une fleur mauve pâle. Des mauves ! Ah c'était donc cela, l'odeur suave. Les mauves.

848 francs et 40 centimes.

Bourliot ne viendra pas. C'était couru. Pas si bête. Les gendarmes s'en retourneront bredouilles, une fois de plus. La gibecière vide. Et, à nouveau, ils seront la risée de la population. 848 francs et 40 centimes. Ah ! on aurait peut-être dû demander davantage.

Car, en plus, il faut chaque fois rédiger un rapport, inscrire les noms, *revêtus de leurs uniformes, agissant en vertu d'un mandat d'arrêt délivré par monsieur le juge d'instruction, près le tribunal de première instance séant à Gué, à Gué, à Gué…* Toutes ces fleurs et ces graines lui chatouillent les bronches, le nez. Il va éternuer. Mais non, il bâille.

Empêtré dans sa corolle, le bourdon bourdonne, les criquets crissent 848, 848, puis tout s'arrête.

Le front plissé d'inquiétude, l'œil en maraude, le gendarme Simon s'est décidé à partir à la recherche de son chef.

A pas prudents, il s'avance, la botte amortie par les taupinières, lorsque, guidé par un sourd ronflement, il découvre le capitaine Blocaille, tout déboutonné, rouge et suant, la bouche grande ouverte, parmi les fleurs de pissenlit.

53

Les mains derrière le dos, les deux juges font le tour de la place d'Armes, les yeux à terre, à petits pas. Parfois, on les voit qui brusquement s'arrêtent sous les tilleuls, se font face, discutent en agitant les bras, puis reprennent leur marche.

– Je n'en peux plus, avec ces interrogatoires qui ne mènent à rien.

– C'est épuisant. Imaginez-vous, quoique tombant de fatigue, je n'arrive pas à fermer l'œil. Et la nuit, j'entends des voix.

– Des voix ? Ah ! il faut absolument vider cette affreuse prison des trois quarts de ses occupants.

Là, ils sont d'accord. Tous ces pauvres malheureux seront bien mieux auprès de leur famille et dans leurs champs à faire la moisson.

– Ah ! ce qu'il fait bon le soir, sous ces arbres, s'exclame Goursaud-Lajousselenie.

– Oui, enfin un peu de fraîcheur, répond Péconnet.

Puis après un silence :

– Quand on pense qu'hier les gendarmes en ont encore attrapé un, et vous savez où ? Au pont de Glénic, dans l'auberge Bonnichon où des conscrits se rafraîchissaient.

Les gendarmes font irruption : le jeune Malardier, il est avec vous ? C'est moi ! Vingt ans, classe 47. Il allait rejoindre sa compagnie. Nous le voilà sur les bras. Il n'a rien d'un meneur, je vous assure, je viens de le voir.

Ah ! les meneurs. Ils soupirent.

– Le maire de Ladapeyre parle de l'influence des communistes. On lisait *L'Eclaireur* à Ladapeyre. Mais je partage l'avis de M. La Rochette. Il n'y avait pas de complot. Sauf celui des 45 centimes.

Goursaud-Lajousselenie en convient, mais prend un air mystérieux.

Eustache Péconnet l'observe du coin de l'œil. On l'a prévenu que le juge de Guéret est braqué contre une certaine personnalité et qu'il n'en démord pas. Alors par politesse, Péconnet lance : Auriez-vous des soupçons ?

Le juge se tourne de tous les côtés pour voir si personne n'écoute.

– Pauly, l'aubergiste, vous le savez, est originaire de Jarnages. Or, juste après les événements, où court-il ? A Jarnages. A qui se plaint-il de ce qu'on l'a trompé ? Au maire de Jarnages. Ne lui avait-on pas assuré que la garde nationale de Guéret et les ouvriers marcheraient avec eux ? Pauly n'ose pas dire tout ce qu'il sait. Avez-vous remarqué comme il s'est mal défendu quand, à plusieurs reprises, des témoins ont parlé de repas qui se prenaient chez lui où l'on ne payait pas ? Puis-je vous confier un secret ? Lorsque j'ai voulu interroger une personne que je jugeais fort compromise, savez-vous qu'on me l'a interdit ?

Eustache Péconnet s'est arrêté, surpris.

– Ah bah !

– Parfaitement, mon cher, car la personne en question, m'a-t-on dit, « est sous la sauvegarde du conseil d'État ». Je viens d'écrire à M. le conseiller, pour me plaindre et me sentir dégagé de toute responsablité.

– Vous avez fort bien fait.

Ils se sont arrêtés, rêveurs.

Puis Goursaud-Lajousselenie s'est penché vers son compère et lui a chuchoté quelques mots tout bas, si bas que même les feuilles des arbres n'ont rien surpris de ce murmure qu'elles auraient pu ensuite répandre dans le vent.

Ensuite, toujours à petits pas, les deux silhouettes noires s'en vont, passent devant les bâtiments de la Remonte et disparaissent dans le soir.

54

Le procès devait s'ouvrir le 11 août.

Vingt accusés. Une centaine de témoins.

La ville entière semblait n'attendre que ce jour et, dès lors, toute vie reflua vers un même lieu : le palais de justice.

De la révolte d'Ajain, Pionnat et Ladapeyre, même si les journaux n'en parlaient plus guère, la rumeur avait fait son chemin de bouche à oreille, bien au-delà de la frontière du département et l'on disait que là-bas, quelque part sur une route, on avait tué des paysans révoltés par la misère et que, comme on n'avait pu les tuer tous, on jugeait les survivants.

Comme les autres, Honorine était très préoccupée par ce procès. Par-dessus la haie, elle ne parlait plus que de cela avec ses voisines. Le soir, aux vêpres, elles se retrouvaient et toutes priaient. Craignant d'instinct cette justice qu'elle ne comprenait pas, Honorine était anxieuse, comme si l'un des siens allait être appelé, inquiété, condamné.

Le 10 août au soir, lorsque Michel rentra, elle dit :

– J'aimerais bien que tu ailles voir à ce tribunal, si tu le peux…

Elle avait soulevé le couvercle de la soupière (car même

au mois d'août, Honorine trempait la soupe) et un nuage de buée lui cacha un instant le visage.

Un peu surpris, il répondit que, bien sûr, il irait.

Il coupait le pain, le posa et tendit son assiette puis la ramena avec précaution, remplie à ras bord.

– Tu noteras bien tout. Marque sur un carnet, ce sera mieux. Et puis, tu me décriras leur mine à tous ces malheureux. En pleine moisson, comme ils ont dû se languir, à rester tant de jours prisonniers, et tout ça pour se voir à la fin exposés devant des messieurs en fourrure qui parlent un jargon que personne ne comprend.

Le 11 août, avec les Dugenest, il s'était donc rendu aux assises. C'était une vaste salle grise et morne. Les vitraux des hautes fenêtres et des œils-de-bœuf filtraient les rayons d'un jour incertain et accentuaient la tristesse du lieu. Suspendue sous le plafond, une tribune fermée semblait dissimuler des pas feutrés et des chuchotements. Le public était dense et on se parlait à voix basse. Au premier rang, parmi les familles des prévenus, se tenait Mme Barnicot, calée sur son banc, les traits tendus, de grands cernes sous les yeux, les bras croisés, farouche.

Puis les jurés avaient pris place à leurs bancs, douze jurés, plus deux supplémentaires.

Une voix de fausset avait crié « La Cour ! » et tous s'étaient levés, très impressionnés par l'entrée solennelle du président et des juges. Le procureur s'était assis à droite derrière un énorme dossier. Les avocats faisaient des effets de manche. Les greffiers étaient prêts. On avait introduit les accusés.

Et l'un après l'autre, par une porte étroite, ils étaient entrés. Les paysans et les maçons et les deux aubergistes. Et puis, le dernier, Barnicot.

Quand il fit son apparition, sa femme se souleva à demi

sur le banc, dévorant son homme des yeux, l'air égaré, sans comprendre comment il avait jamais pu lui échapper. Il l'aperçut, lui jeta un coup d'œil navré. Depuis qu'il était détenu, elle s'étonnait de le voir si changé, si amaigri, il avait perdu sa faconde et son panache ; rester si longtemps sans boire l'avait quasiment anéanti. Elle étouffa un sanglot.

– Quels sont vos nom, prénoms, âge, état, profession, demeure et lieu de naissance ?

Et chacun, à son tour, répondait et l'on entendait les accents chantants de la campagne résonner dans la salle grise.

Le premier avait répondu s'appeler Auvert, Guillaume, âgé de quarante-deux ans, propriétaire cultivateur, demeurant au village de Moulantiers, commune d'Ajain, né à Pionnat.

Le dernier, Barnicot, François, âgé de trente-deux ans, menuisier, né et demeurant à Guéret.

Michel ne voyait les accusés que de profil.

Tour à tour, ils avaient donné leur version des faits.

Plongés dans leurs papiers, les juges ne semblaient pas écouter. La tête penchée, le président cachait ses yeux derrière sa main.

– J'ai attaché un placard à l'arbre de la Liberté, quant à la corde, ce n'est pas mon ouvrage…

La voix était grave et posée. C'était Guillaume Auvert qui parlait.

Il resta un moment silencieux et le président releva la tête.

– … C'est un grand malheur, mais je ne croyais pas faire de mal.

Joseph Dugenest avait alors murmuré : Le placard, mon Dieu, il a reconnu le placard. Il est perdu !

Et puis, à toute vitesse, on avait lu l'acte d'accusation, mais là, Michel n'avait rien compris. Dans son carnet, il avait écrit les mots violences et voies de fait envers la force publique, articles 205 et 210 du code pénal, lois, ordres et ordonnances, armes et instruments, attroupement de plus de vingt personnes, aussi crime de rébellion et il avait noté les articles 59, 60, 209 et encore 210.

Honorine ne comprendrait rien non plus à ces articles-là, ni au mot code pénal. Mais, pour lui, la simple accumulation de ces chiffres lui paraissait remplie de sourdes menaces. Le mot crime, associé au mot rébellion, l'avait troublé. Il pensait aux journées de Février.

Crime de rébellion.

Il se dit que Louis Lionnet aurait pu se trouver avec les autres, entre les gardes, pour crime de rébellion.

Hélas ! que n'eût-il été au moins assis là, sur ce banc !

55

Le procès devait être clos le 14 août. On dut supprimer l'audition de trente témoins.

Chaque soir, une fois rentré à la maison, après le souper, Michel sortait son carnet. Il parlait par phrases simples, avec une sorte de lenteur appuyée, jetant de temps en temps un coup d'œil à ses notes.

Honorine écoutait avec attention, plissait parfois les yeux, penchait la tête, laissait échapper une remarque ou une exclamation.

Il faisait un tri dans ses observations, contemplant ce visage incliné devant lui, exposant les faits qui pouvaient intéresser, privilégiant les détails.

Il signala comment Ambaud, l'arquebusier, avait été prié par le tribunal de décharger un fusil et un pistolet de poche, pièces à conviction que le greffier avait présentées avec un air cérémonieux. Et comment le même Ambaud avait dû aller chercher un tire-bourre aux fins de pouvoir procéder à l'opération, et comment, au bout du compte, tandis que tous les yeux étaient braqués sur lui, Ambaud n'avait retiré de ces armes que de la poudre et du papier.

– Qu'est-ce à voir ? demanda Honorine.

– Cela veut dire qu'il n'y avait pas de balle dedans.

Il parla aussi des témoins qu'il avait pu entendre, comment on leur demandait à chacun de prêter serment, de parler sans haine et sans crainte…

Ecoutant les paysans qui, le 15 juin avaient discuté avec le représentant Guisard, le capitaine Guitry du dépôt de Remonte avait été surpris par leur attitude.

Michel lut dans son carnet :

Il les a trouvés « persistants avec calme, sang-froid et ironie », d'où il a conclu qu'ils étaient « plus dangereux que les ouvriers exaltés des grandes villes ».

Le maire de Guéret s'était plaint : le jour du 15 juin, alors qu'il allait se jeter dans le fossé, il avait été frappé par une pierre à l'épaule, grosse comme un œuf d'oie.

Le maire avait ensuite expliqué pourquoi il n'avait pas voulu rendre à leurs familles les corps des victimes. Il avait peur de troubles. Il avait parlé d'un Perrin. Celui qui avait été enterré à Pionnat.

Parler ainsi avec elle lui plaisait. Il avait l'impression qu'ils étaient devenus plus proches tout à coup.

Les jours suivants, Michel fit tout son possible pour assister aux séances, au moins épisodiquement. A présent qu'il était connu des gendarmes, comme typographe à l'*Abeille de la Creuse*, il se glissait dans la salle, restait debout contre le mur, écoutait les questions des avocats.

Il les connaissait presque tous. Certains avaient été présents le jour de la révolte du 15 juin. Tel qui était capitaine de la garde nationale avait donc troqué son uniforme contre la robe noire et défendait à présent ceux contre qui il s'était battu.

Et puis ce fut le 13 août, le dernier jour avant le verdict.

Ce soir-là, il vit qu'Honorine, au lieu de s'asseoir en face de lui, les mains dans son tablier, s'affairait à la cuisine. Elle avait ramassé les groseilles du jardin et les faisait doucement crever dans la marmite de cuivre. Elle ne parlait plus que d'étamine, de coulée de jus, de gelée à faire prendre le lendemain.

Michel en fut contrarié. Il hésitait à parler. Puis commença :

– Le greffier a montré…

Elle lui tournait le dos, face à la cuisinière, armée d'une longue cuiller en bois.

– Continue, lui cria-t-elle, je t'écoute, j'arrive !

– …sur une petite table toutes sortes de paquets. Et puis, il a enlevé les papiers et extirpé des fourches, puis un tambour, puis un drapeau et puis aussi des sabots.

– Des sabots ?

Elle s'était approchée.

– Oui, cinq sabots.

Il l'entendit murmurer :

– Mon Dieu faut-il !

Ils restèrent silencieux.

Il se souvenait qu'alors un frémissement avait parcouru les rangs. Le juge avait proposé aux jurés d'examiner ces pièces s'ils le désiraient et l'on avait vu tous ces objets se promener sur les bancs, passer de main en main.

Aussitôt, il avait pensé à cette fourche posée contre le mur de l'auberge et qu'il avait poussée pour placer son fusil. Elle était là, sans doute avec les autres. Une fourche. Une simple fourche. Dénaturée maintenant par une étiquette, un cachet rouge apposé qui en faisaient un objet de curiosité, un objet étrange, inquiétant et suspect, un objet monstrueux.

Cela, il n'avait pas pu le supporter et il était sorti du prétoire.

D'après les rumeurs qu'il avait pu glaner sur la place et

dans les rues, Auvert, à cause de l'écriteau, Bord ou Pauly, peut-être, et Barnicot, bien sûr, écoperaient de peines sévères. Barnicot avait trahi les autorités de la ville. Elles se vengeraient. Pour les autres, on ne savait...

Que décideraient les quatorze jurés ?

Sans plus le regarder, Honorine était retournée vers son fourneau et il la vit, répétant les mêmes gestes, inlassablement, et lui tournant le dos.

Il observa tristement les pots ébouillantés, renversés sur un torchon de toile blanche, déjà prêts pour le lendemain. Ainsi, la vie continuait, Honorine ferait ses confitures, comme d'habitude, au mois d'août.

Il se sentit triste et si las tout d'un coup.

Dans la pièce, silencieuse à présent, on n'entendait plus qu'un doux bouillonnement et ce bruit de petits baisers que faisaient les fruits en éclatant. Une odeur de sucre avait envahi la pièce.

Il rangea son carnet.

Enfin il dit que l'atelier serait fermé toute la journée du lendemain, qu'il irait au tribunal avec les Dugenest et qu'il ne rentrerait que le soir.

Quand tout serait fini.

56

14 août, jour du verdict.

Ce matin-là, en compagnie des Dugenest, Michel remonta la Grande-Rue, passa devant les grilles de la préfecture et déboucha sur la place d'Armes.

Devant le tribunal, toute la ville semblait rassemblée. Jamais il n'avait vu autant de monde. C'était une foule dense, aussi dense que celle des jours de grande foire, mais une foule toute différente.

Une foule grave.

Par petits groupes, on se parlait comme entre soi, presque à voix basse.

Comme il approchait du tribunal, Michel aperçut le docteur Guisard en conversation avec son collègue, le député Lassarre, et avec maître Yvernault et M. Lasnier-Lachèze ; il s'avançait déjà vers eux quand il réalisa combien leur discussion était âpre, violente, plutôt une dispute à mots vifs et dents serrées. En hâte, il s'éloigna pour rejoindre des gardes nationaux de sa compagnie, échangea quelques mots avec Périgaud, Morabet et Giraudon, le cloutier, qui lui tourna le dos.

C'est alors qu'il aperçut son commandant, Coudert-Lavillatte, seul, morose et mélancolique, adossé à un tilleul.

Il alla le saluer, et l'autre lui rendit son salut, mais d'un geste machinal, comme s'il ne l'avait pas reconnu.

Un groupe de gendarmes gardait les portes du tribunal. Parmi eux, Michel remarqua le capitaine, la mine rougeaude et rageuse, et un lieutenant distingué, pâle et hautain.

Contre les troncs des arbres, sur les montants de bois verts, de multiples affiches avaient déjà pâli. A peine pouvait-on en lire les gros titres, jaunis à présent.

Près de la Grande Fontaine, le perruquier Babiche semblait tourner en rond, agitant nerveusement les mains devant son visage, comme pour en chasser des nuées d'invisibles moucherons. Cependant, d'un groupe à l'autre, M. Coignard, le secrétaire du préfet, butinait, s'arrêtant ici, puis là, tête penchée, à l'écoute.

Soudain Michel croisa une femme, sans pouvoir mettre un nom sur son visage. Où l'avait-il vue ? En un éclair, il l'imagina tenant un plateau de verres levé au bout du bras, et il la reconnut aussitôt : Marie Dorbois.

L'auberge Belon. Le brouhaha des voix.

Il eut un pincement au cœur.

Vite il rejoignit le groupe des imprimeurs.

Tous attendaient l'ouverture des portes et regardaient du côté du tribunal, lorsque quelqu'un s'écria : Voyez donc qui nous arrive !

On se retourna. Le principal du collège accourait, essoufflé, flanqué d'un professeur long et maigre, vêtu d'une redingote d'un gris pisseux dont les pans volaient derrière lui dans le vent.

Sous les gros ormeaux plantés près du tribunal et sous les tilleuls de la place, la sourdine des voix ressemblait à un bourdonnement d'abeilles affairées autour d'une ruche.

Se tenant à part, les paysans, en grand nombre, s'étaient

regoupés par villages et par familles, à bonne distance des gens de la ville. Les maires de Ladapeyre et de Pionnat étaient présents, ainsi que le curé Vacher d'Ajain, dans sa soutane des dimanches. Ils restaient là, chuchotant entre eux, tête baissée, et l'on entendait seulement parfois éclater un mot ou deux en patois.

Michel avisa un homme qui se tenait un peu à l'écart des autres, hésita, puis se dirigea vers lui.

D'une voix grave, un peu enrouée par l'émotion et la crainte aussi d'être rejeté, il lui demanda s'il était d'Ajain.

Etonné, l'autre lui jeta un regard rapide, puis lui dit que non.

Il y avait eu de la haine dans ce regard et le ton était froid.

Michel allait repartir quand il ajouta :

– Excusez-moi, mais vous n'auriez pas connu par hasard quelqu'un du nom de Lionnet ?

Il y eut un silence.

– Lionnet, Louis, compléta-t-il.

Le paysan hocha la tête. Non, il ne connaissait pas. Cependant, frappé par la tristesse de cet homme timide qui lui faisait face, il expliqua, sur un ton radouci, que lui était de Pionnat. Et puis il dit aussi qu'il s'appelait Amathieu.

Après un silence, il précisa :

– Amathieu Sylvain, du village de Fot.

Ils se regardèrent un long moment.

Cependant un grand bruit montait de la foule.

Les gendarmes avaient ouvert les portes du tribunal.

Ce fut la ruée.

57

Il entra non sans mal, jouant des coudes, et se glissa contre le mur.

A la tribune réservée au public, les familles des prévenus étaient assises, tassées les unes contre les autres, les femmes sur les premiers bancs, en coiffes et tout habillées de noir. Toujours à la même place, au premier rang, Mme Barnicot se tenait là, figée, les bras croisés.

C'est alors qu'étrangement, sans en deviner la cause, Michel se sentit attiré comme par un aimant, une force irrésistible qui se saisissait de lui, appelait son regard, le prenait par toutes les fibres de son corps.

Au troisième rang, non loin de lui, parmi les paysannes en coiffe, là, sur le banc, il la vit.

Elle était venue !

Assise, le buste droit, immobile et muette, ses traits se détachaient comme un profil de Vierge sur une médaille. Elle avait mis les vêtements qu'elle portait au Peyroux et à la foire de Roches, le jour de la Sainte-Madeleine, le caraco à petits plis, la coiffe brodée, amidonnée, plus blanche que neige et, en plus, elle avait jeté sur ses épaules le beau châle des grandes cérémonies, le châle des naissances, des mariages et des morts.

Et il comprit qu'en s'habillant ainsi elle avait tenu à faire honneur aux gens d'Ajain, qu'à sa façon elle avait voulu témoigner et prouver que, tout en demeurant à la ville, elle était restée des leurs et partageait leur peine.

Le cœur battant, il s'appuya contre le mur et ferma un instant les yeux. Puis il la fixa si intensément qu'à la longue elle sentit son regard, tourna vers lui la tête et l'aperçut.

Alors elle se conduisit comme si elle le découvrait pour la première fois. Avec une sorte de curiosité naïve, elle le dévisagea, baissa vite les yeux, puis à nouveau lui jeta en coulisses un coup d'œil à la fois ingénu, complice et moqueur.

Son visage s'empourpra. Il se sentit bouleversé, comme autrefois.

Exactement comme autrefois.

A peine fit-il attention aux jurés qui venaient de prendre place sur leurs bancs.

Mais une voix cria :

– La Cour !

Et, dans un grand bruissement, tout le monde se leva, tandis que faisaient leur entrée les juges, flamboyants ou ténébreux, impressionnants et sévères, en robes rouges ou noires, épitoges de satin et fourrure blanche, le président et ses assesseurs, et le procureur qui s'installa, tout seul, sur la droite.

Puis tout le monde s'étant rassis, les prévenus furent appelés et les gendarmes sortirent.

Alors tomba un grand silence.

Ils entrèrent et la salle frémit.

Un à un, les vingt prévenus, cultivateurs, laboureurs, aubergistes et maçons puis, en dernier, le menuisier de Guéret.

Entre les gendarmes impassibles et indifférents, ils se tenaient là, le visage tendu et troublé, les yeux inquiets, plongés dans une sorte de stupeur, prisonniers d'un destin qu'ils n'avaient pas prévu, qu'ils ne comprenaient pas et qui allait en un instant, ils le savaient, se dénouer.

Vingt hommes pour leur dernier soir dans cette salle où allait s'achever leur procès. Cette salle dans laquelle d'autres hommes, avant eux, avaient souffert, eu honte, avaient crié, maudit, pleuré, entre ces murs où avaient résonné tant de sentences : acquittement, renvoi, prison, galères, destitution, bagne, parfois la mort.

La mort.

Tous regardaient ces hommes en sursis sans pouvoir en détacher les yeux.

Honorine les observait avec une intensité presque douloureuse.

A la contempler, Michel ressentit une pointe de jalousie. Il en vint même à penser qu'il aurait presque souhaité se trouver parmi ces vingt qu'on jugeait, pour mériter son attention, sa pitié, son soutien.

L'un après l'autre, les avocats prirent la parole. Maîtres Pelletier-Desbouchard, Florand, Perdrix-Lavergnolle défendirent leurs clients et parlèrent d'un vent de folie, de fièvre collective, d'égarement, de la misère aussi, en belles phrases balancées, obsédantes, évoquant le prix déjà payé, à ce carrefour des routes, là-bas où le sang avait coulé et, peu à peu, leurs voix firent entrer dans le prétoire les ombres des absents sur fond de murmures et de gémissements.

Cependant maître Lasnier qui défendait le plus grand nombre et devait parler en dernier, attendait son tour, lissant ses mains l'une contre l'autre.

Après un moment de silence où il demeura penché comme s'il réfléchissait à ce qu'il allait dire, il releva brusquement la tête et alors ses paroles coulèrent en cascade, puis en torrent, tandis que volaient ses manches comme des battements d'ailes d'oiseau blessé et que sa voix s'enflait jusqu'à remplir la salle entière. Face aux jurés, il avançait, reculait, levant les mains au ciel, tendant vers eux les bras, en une gestuelle tragique et passionnée.

Médusés, pris dans ce tourbillon de paroles, les spectateurs se demandaient comment, là-bas, tout au fond, les juges pouvaient demeurer si imperturbables, le greffier griffonner, le procureur tourner en mouillant son doigt les pages de l'énorme dossier.

Quand s'acheva la plaidoirie, la voix de l'orateur se brisa et l'on crut qu'il allait s'effondrer, tel Jupiter tonnant frappé par sa propre foudre. Mais non, il pirouetta sur le talon et, indemne, s'en retourna vers son banc.

Alors le président énuméra une série de questions destinées aux jurés qui se retirèrent pour délibérer et, par vagues, le public sortit.

58

Il la rejoignit sur la place et la serra contre lui.

Lentement, ils se dirigèrent vers la Grande Fontaine, passant sous les arbres, cherchant à travers la foule un endroit plus tranquille, à l'écart.

En ce début du soir, les feuilles des tilleuls murmuraient dans le vent de mystérieux messages.

Quelques avocats étaient sortis prendre l'air. Très entouré, maître Lasnier, la tête rejetée en arrière, semblait regarder un point lointain à l'horizon.

Tout à coup, à la porte du tribunal, apparurent les gendarmes.

Déjà ! s'exclamèrent des voix.

D'ordinaire les délibérations prenaient des heures entières, ne discutait-on pas parfois jusqu'à des minuit passés ? Pourquoi une telle précipitation ? Et chacun se demandait ce que cela présageait, de bon ou de mauvais.

A l'intérieur de la salle où les familles étaient restées, Michel et Honorine avaient réussi à se glisser. Cette fois elle resta debout devant lui. Il lui entoura les épaules de ses bras, comme pour la protéger.

La même émotion les étreignait.

Peu à peu, les chuchotements s'étaient tus. Les jurés

revenaient. Un à un, ils prirent place sur leurs bancs, à gauche. Puis entrèrent les juges. Réintroduits, les prévenus se retrouvèrent face aux jurés.

Alors le chef du jury se leva, mit solennellement la main sur son cœur.

Un grand silence saisit le prétoire.

Le sort d'Auvert, Parenton, Bord et Barnicot fut réglé : pour Auvert trois mois, Parenton quatre, Bord dit le Prussien trois, et Barnicot un mois, plus cent francs d'amende. On se demanda si l'on avait bien compris.

Mais les autres, les seize autres ?

Le président posa les questions. Et l'on entendit :

– Jean Barthommier, âgé de 27 ans, maçon, né et demeurant à Loubier, commune d'Ajain, *est-il coupable d'attaque et de résistance commises le 15 juin 1848 avec violences et voies de fait envers la force publique, agissant pour l'exécution des lois, ordres et ordonnances de l'autorité publique ?*

Le public retint son souffle.

Et le chef du jury, la main sur le cœur, répondit :

– Non, l'accusé n'est pas coupable !

Trois autres questions furent posées, avec la même réponse.

Puis ce fut le tour de

Jean Boiron, 21 ans, maçon, né et demeurant à Moulantiers, commune d'Ajain,

Jean Fayard, 38 ans, cultivateur, né et demeurant à Loubier, commune d'Ajain,

Alexis Rothonnet, 24 ans, boulanger, né et demeurant à Ajain,

Léonard Parenton, dit Le Blanc, 60 ans, cultivateur, né à Pionnat, demeurant à Feuyas, commune de Pionnat,

Martin Aguillaume, 44 ans, garde particulier, né à Fot,

commune de Pionnat, demeurant à Puygaillard, commune d'Ajain,

Jacques Aufaure, 41 ans, cultivateur, né et demeurant à Villechaud, commune de Pionnat,

Jean Bord, 44 ans, aubergiste et sabotier, demeurant à Ajain, né à Mastribut, commune de Vigeville,

Silvain Bouchard, 42 ans, cultivateur, né à Gravelle, commune de Bétête, demeurant à Loubier, commune d'Ajain,

Jean Brelingard, âgé de 36 ans, laboureur, né et demeurant à Loubier, commune d'Ajain,

Jean Chevrier, 55 ans, cultivateur, né et demeurant à Pont-à-Libaud, commune d'Ajain,

Jacques Doutre, 30 ans, maréchal, né et demeurant à Pionnat,

Martin Lamy, 38 ans, cultivateur, né à Saint-Sylvain-Bas-le-Roc, demeurant à Pionnat,

Louis Naudy, 28 ans, cultivateur, demeurant à la Maison du Bois, né à Grosmont,

François Pauly, 61 ans, menuisier et aubergiste, demeurant à Ajain, né à Jarnages,

Claude Sauvannet, 39 ans, maçon, né et demeurant à Neuville, commune d'Ajain.

Et à la question posée pour chacun d'entre eux, le chef du jury répondait d'une voix forte :

– Non, l'accusé n'est pas coupable !

Seize fois non, les accusés ne sont pas coupables ! Et les murs de cette grande salle sonore répétèrent en écho : Non, pas coupable, pas coupable, pas coupable, et ce non se répandit sur les bancs, sur les gradins, repris par les familles qui n'osaient y croire et posaient à leur tour la question, puis il gagna la porte du tribunal, la franchit et se faufila jusque sur la place, sous les ormeaux et les tilleuls, déborda vers le chemin des Chers et la route de Moulins, vola de maison en maison et aussi déferla vers la Grande-Rue, assaillit les grilles de la préfecture, descendit vers la mairie et alors, la ville tout entière sut que les jurés avaient dit non.

Non, les paysans n'étaient pas coupables.

Pour eux, ce fut une joie terrible, un soulagement, une sorte de reconnaissance et de revanche, mais ressentis sans gaieté, sans vrai bonheur, tant l'anxiété, le sentiment d'injustice, la pensée de leurs morts s'y mêlaient.

Jamais ils n'oublieraient. Ils garderaient toujours ce goût d'amertume, de promesses trompeuses et d'incompréhensible désastre. Ils avaient trop souffert, ils souffriraient encore trop pour jamais se réjouir.

Cependant, les prisonniers tant réclamés le 15 juin leur étaient enfin rendus. Il avait fallu tout ce temps d'évitable malheur et tous ces morts pour qu'ils fussent libres. Au moins presque tous. On calculait, pour les autres, les jours, les mois qui leur restaient à faire, compte tenu de leur temps de réclusion préventive.

Un des premiers à sortir fut Barnicot. Poussant un cri dès qu'elle l'aperçut, sa femme se jeta sur lui, l'empoigna, le saisit dans ses bras robustes et, le portant presque, l'entraîna vers sa maison.

Les autres furent aussitôt entourés par leurs familles qui les reçurent en pleurant.

Le curé d'Ajain pressa Jean Brelingard sur son cœur.

Et l'émotion fut à son comble.

Maintenant les paysans se préparaient à repartir. Vers Ajain, vers Pionnat, vers Ladapeyre. Déjà ils se regroupaient et quelques-uns s'éloignèrent.

Honorine vit que Michel les suivait longuement des yeux.

Elle lui toucha le bras :

– Attends-moi là, murmura-t-elle

Et il la vit qui s'élançait. Elle courait presque, faisant claquer ses sabots, tenant à deux mains les pointes de son châle.

Vive, elle allait d'un groupe à l'autre, comme si elle cherchait son chemin. Sur son passage, certains s'arrêtaient. A la fin, une femme était venue vers elle, puis une autre, une autre encore.

Elles se tournèrent un moment vers lui.

Elles regardaient cet homme en costume noir d'ouvrier qui s'était découvert et se tenait là, immobile et gauche, son chapeau à la main. Elles lui firent un signe de tête.

Qui saluaient-elles ?

Peut-être l'ami de ce paysan entrevu un soir de juin et aussitôt perdu ?

Quand Honorine revint, le visage bouleversé, elle ne lui dit rien. Et lui, de son côté, ne posa pas de questions.

Sous les tilleuls, ils restèrent silencieux, attendant que la foule se disperse.

Puis ils rentrèrent.

Ils traversèrent la place, longèrent les grilles de la préfecture, descendirent la Grande-Rue, passèrent devant l'imprimerie Dugenest et prirent la route vers le faubourg Chênevert, sans regarder en arrière.

Sans voir si quelqu'un les suivait des yeux.

Ainsi allaient-ils, côte à côte, dans les pas du soir et le solel couchant, silhouettes fragiles qui peu à peu s'estompaient, mais à mesure qu'elles s'effaçaient, démesurément s'allongeaient leurs ombres, avant de disparaître tout à fait pour retourner à leur nuit, dans le bruit familier d'une porte qu'on ferme.

Au même moment, par la route de Moulins, les paysans

étaient partis eux aussi, passant par le carrefour des routes et la côte de Bellevue, longeant la brande de Charsat, descendant jusqu'à la Creuse qui coule tout en bas sous le Pont-à-la-Dauge, pour bifurquer de là vers les villages et s'enfermer dans leur mémoire.

Epilogue

La tragédie d'Ajain eut des conséquences graves. Le retentissement fut beaucoup plus important qu'on a voulu le dire, que les études ou les livres d'histoire – quand ils en parlent – ne le laissent supposer. Elle marqua les esprits en profondeur. On n'oublia pas dans les campagnes, bien au-delà des limites d'un carrefour ou d'un département.

L'événement semble exemplaire. S'attaquer de cette manière aux paysans, par un impôt qui n'osait dire son nom – emprunt forcé ! –, puis par les armes, à la veille d'élections présidentielles apparaît non seulement comme un crime de l'Etat, mais encore comme une sottise.

Qu'on en juge par les chiffres. Voici les résultats des élections du 14 décembre 1848, concernant la Creuse :

Louis-Napoléon	50 222 voix
Cavaignac	1 941 voix
Ledru-Rollin	720 voix
Lamartine	55 voix
Raspail	52 voix

Sur vingt Creusois, dix-neuf votèrent pour le neveu de Napoléon.

Déçus par la République, les paysans s'étaient repris à rêver de la Grande Armée et de l'Empire.

Et ce sera, à terme, Napoléon le Petit.

Concernant le préfet Bureau-Desétiveaux, une note aux archives nous apprend que, dès le 17 août 1848, le représentant Lassarre exige sa révocation. Mais son collègue Guisard s'y oppose. Le 31 octobre suivant, il sera, comme on dit, « appelé à d'autres fonctions », quittera la Creuse et disparaîtra de la scène pour être remplacé par M. Sohier.

Les rapports sur la garde nationale montrent que la discipline se dégrade après les événements de juin. Le 29 août 1848, le docteur Moreau envoie une lettre au maire de Guéret pour démissionner de ses fonctions de chirurgien aide-major de la garde nationale. Autre lettre, datée du 4 septembre 1848, adressée au même destinataire, celle de Coudert-Lavillatte qui démissionne non seulement du commandement provisoire de la garde, mais aussi de celui de la troisième compagnie, ajoutant : « J'ai des raisons très fortes pour agir ainsi. »

Pour l'histoire locale, disons un mot de l'église d'Ajain et de son clocher. En 1851, MM. Mutel et Martin, fondeurs, refondirent, comme il seyait à leur métier, une cloche « fêlée en 1848, dans le temps de l'émeute d'Ajain, en sonnant à coups redoublés ».

Et Bourliot, me direz-vous ?

Le 22 octobre, le jour même où le brigadier Proust envoyait un rapport pour signaler une fois de plus que les recherches des gendarmes avaient été infructueuses, Sylvain Bourliot, sous le coup de la contumace, se rendait de lui-même à la gendarmerie. Le 4 novembre, son procès avait lieu aux assises. Le gendarme Simon l'accusa d'avoir rédigé l'un des écriteaux. Bourliot répondit simplement qu'il ne savait ni lire ni écrire, mais seulement signer son nom. Ce qui fut prouvé. On l'acquitta. Cependant, le tribunal le condamna à payer les frais, contumace, déplacement des gendarmes, coût des affiches et cetera, soit 28 francs et 85 centimes.

Mais il était libre.

Enfin, pour l'histoire intime, cette fois, Michel et Honorine eurent dès l'année suivante, soit en 1849, une fille prénommée Marie, puis deux ans plus tard un fils, Pierre, mon grand-père, et enfin un autre fils, Henri, dont la naissance coûta la vie à sa mère, morte en couches en janvier 1862. Michel ne se remaria pas, éleva seul ses trois enfants et, victime d'un accident du travail – en portant une casse –, mourut le 5 février 1873.

Note de l'auteur

Les événements du 15 juin 1848 sont bien connus grâce au travail exceptionnel de Jacques Levron. Archiviste à Guéret, celui-ci dépouilla l'énorme dossier des archives départementales de la Creuse (coté U 0357) et en tira un récit clair et vivant, *Une révolte de contribuables (1848)*, qu'il publia dans *Le Messager de la Creuse* en 1936 et 1937. Il faut également saluer le livre de l'abbé Dardy, *Ajain*, qui comporte un chapitre sur les troubles de juin, livre ancien (datant de 1902), mais précieux justement parce que proche du souvenir laissé par les événements. Enfin les travaux de Daniel Dayen, en particulier son étude publiée en 1998 dans un ouvrage collectif, *Violences en Limousin à travers les siècles,* et intitulée « Ajain-Guéret, 15 juin 1848. Une tragique émeute de contribuables ».

Pour ma part, j'ai essayé de rester le plus fidèle possible aux données fournies par l'historiographie. Les faits relatés dans ce livre sont conformes à ceux qui se sont effectivement déroulés et tous les personnages intervenant dans l'intrigue correspondent à des protagonistes des événements réels.

Quand la réalité dépasse la fiction, il n'est guère besoin d'inventer. Mais il arrive aussi que l'Histoire soit avare de précisions et de détails. Il faut alors suppléer à ses lacunes et imaginer, en tenant compte de la vraisemblance et du contexte.

Dresser la liste des retouches ainsi apportées à la réalité historique serait fastidieux. Je me bornerai donc à quelques exemples.

Ainsi, les données concernant les « pourparlers » qui ont précédé la collision entre les gardes nationaux de la ville et les paysans paraissent confuses. Il semble qu'il y ait eu, en réalité, deux tentatives de négociation. Je les ai réduites à une seule.

Du préfet Bureau-Desétiveaux, dont on ne sait à peu près rien, sauf la fameuse phrase relative à l'escorte en musique, j'ai tenté de brosser un portrait d'après ses lettres et ses affiches où se mêlent menaces et appels à la délation.

Pour composer le discours de Muyard, dont on dit qu'il produisit un effet « déplorable », je me suis servie d'une proclamation qu'il signa avec Humbert, le principal du collège de Guéret, le 1er mars 1848, afin de saluer l'avènement de la République, et de certaines déclarations de Ledru-Rollin ou de George Sand. J'ai dû cependant rester en deçà du ton emphatique de l'époque pour demeurer crédible.

La fameuse phrase en patois : *Ani hup (ou youp) enlevan lou !* qui déclencha l'attaque a laissé un peu perplexes les gens d'Ajain, mais pas ceux de Pionnat. Cela voudrait-il dire que ce fut quelqu'un de Pionnat qui la cria ? On la trouve dans les témoignages des Guérétois présents à ce moment-là, telle qu'ils l'ont entendue et telle que l'a transcrite le greffier. N'importe comment, elle est devenue traditionnelle...

La chanson récitée par Coignard est de Pierre Dupont, plus connu pour son « J'ai deux grands bœufs dans mon étable » que pour « Le Chant des paysans ». Jean Guêtré est un surnom pour désigner le paysan.

Il m'a fallu, naturellement, régulariser la graphie des noms propres, très variable à une époque où l'orthographe n'était pas encore fixée et où les greffiers consignaient, d'une écriture parfois illisible, ce qu'ils entendaient prononcer avec l'accent de la campagne.

Ainsi, dans le volumineux dossier des archives, l'on trouve Brelinguet, Brelingat, Brelinguat, Aufaure ou Aufort et, mieux encore, Brouillou, Broulliou, Bourliou, Bourlioud, Boulliou, Bourliaud, Bourliot, pour un seul homme. On comprend que les gendarmes s'y soient perdus. Finalement, la postérité ayant sur les noms propres un droit d'euphonie, j'ai opté pour l'orthographe moderne adoptée par les descendants des personnages quand j'ai pu les retrouver.

Mais je n'ai pu identifier Jean Douez, ou Jean Douais, qui fait écrire une lettre le 20 juin pour demander la permission de sortir de prison et aller voir son frère qui se mourait à l'hospice. Qui était-il ?

Il fallut faire un choix parmi la foule des noms surgis des dossiers des archives : interrogatoires, signalements, listes de Sociétés démocratiques, rôles de la garde nationale, etc.

Un mot sur la garde nationale. Sous Louis-Philippe, c'est une milice bourgeoise composée de notables pouvant faire les frais d'arme et de costume. La Deuxième République, « considérant que tous les citoyens entrent dans la garde nationale et que toute inégalité disparaisse sous l'uniforme », la transforme en milice populaire et tous les hommes de vingt-deux à cinquante et un ans deviennent d'office gardes nationaux. Mais aucune allocation ne suivant, on dut bientôt renoncer à l'uniforme pour les plus pauvres.

En allant sur le terrain, dans les villages, j'ai été souvent tentée de concevoir les personnages à l'image de leurs descendants, surtout lorsque, étrangement, le signalement laissé par les gendarmes de l'époque correspondait trait pour trait à la personne présente : mêmes yeux bleus, même couleur de cheveux, même visage ovale, même fossette au menton. Il me semblait voir dans tel homme aux cheveux blancs le paysan pris dans la bataille à la force de l'âge. Et celui-ci était pourtant l'arrière-petit-fils de celui-là. Mélange des âges, des générations, glissement du temps.

De même ai-je sans doute attribué inconsciemment à Michel Laforest certains traits de son fils, mon grand-père, dont j'avais beaucoup entendu parler, et introduit dans son ménage cette sorte de matriarcat qui régnait dans ma famille.

Pour Honorine et Michel Laforest, qui faisaient partie des miens et à ce titre bénéficiaient de cette sorte de halo dont nous entourons les parents disparus, il a fallu procéder à ce que j'appellerai le désembaumement des mémoires, bannir le pathos pour les arracher à la nostalgie du souvenir. Ainsi, revenaient-ils à la vie, à un quotidien banal et imaginé, remis de plain-pied, autant que faire se pouvait, dans la réalité d'un présent recherché.

Rendant visite aux descendants des protagonistes, on constate que le souvenir de ce 15 juin 1848 s'est rarement transmis directement de génération en génération. De même à la ville. Ainsi, dans ma famille, où l'on évoquait volontiers le passé, je n'ai pas le souvenir de la moindre allusion à la révolte d'Ajain.

Ce mutisme, cette réticence montrent sans doute à quel point le choc fut terrible. Honte et malaise d'un côté, amertume et colère de l'autre, peut-être justement parce qu'ils ne pouvaient oublier, les témoins se sont tus.

Ainsi, parfois, parle le silence.

Remerciements

Mes très vifs remerciements vont à M. Feral, Préfet de la Creuse, qui m'a fort obligeamment fait visiter les salons de la Préfecture ; à M. Lejeune, sénateur et ancien maire de Guéret, et à toute la municipalité, pour leur aide bienveillante ; à M. le docteur Bernard, maire d'Ajain ; à M. Desrues, maire de Pionnat et à M. Rapinat, maire de Ladapeyre.

Un grand merci, du fond du cœur, à Mme Marie Tixier, de Laborde, qui est la mémoire de ce pays, pour son concours précieux, et à Simone Jarnageon, de Guéret, pour son inlassable dévouement.

J'exprime ma reconnaissance aux descendants des protagonistes de ces événements, en particulier M. et Mme Aubaisle, de Loubier, M. Sylvain Lionnet, de Loubier, M. et Mme Suchaud, de Rougnat, M. Hubert Lajoix, de Puygaillard, M. et Mme Bourdier, de Neuville, M. Claude Brelingard, de Loubier, M. et Mme Bord, de Pionnat, et Mme Chantal Andrillon, de Guéret, sans oublier mes amis Jean-Marie et Nanée Chevrier, du Grand Villard.

Mes remerciements vont aussi à M. Jean Martinet, qui nous a ouvert la maison de Guillaume Auvert à Moulantiers ; à M. André Marcillat, qui nous a fait visiter la salle des assises du tribunal de Guéret et à Mme Pigois, qui a ouvert pour nous la cour de l'ancien atelier Dugenest.

Un grand merci à Mmes Meunier et Lorieux, de Pionnat, ainsi qu'à Clairette Pouzaud et Sophie Debernard, avocate à Montpellier, pour leur contribution ; à M. et Mme Petit, de Champsanglard, pour leur aide si attentive et cordiale ; à Simone Peyrot, du Cluzeau, pour son fidèle soutien ; à M. Camille Lecante, imprimeur à Guéret, pour ses informations ; à Ghyslaine Blot, qui a été notre guide dévouée et intrépide au gué de Villetête.

Je ne voudrais pas oublier le personnel des archives départementales de la Creuse qui, dans de pénibles conditions de travail, m'a apporté un concours efficace.

Ma reconnaissance va, enfin, à tous mes amis qui m'ont encouragée à mener à bien ce travail, en particulier Robert Mallet, pour ses conseils, Jacques Cotton, Marie-Françoise Gréminger, Mme Juillet, Michel Manville, Bernard Blot ainsi que Daniel Dayen et Amédée Carriat.

DU MÊME AUTEUR

Aux Éditions Albin Michel

GENEVIÈVE ET ATTILA

CLOVIS, UN ROI DE LÉGENDE

Chez d'autres éditeurs

LA CLAIRIÈRE, EFR

L'ÎLE DU SILENCE, Belfond

LA PERQUISITION, Belfond

Cet ouvrage a été transcodé
et achevé d'imprimer sur Roto-Page
par l'Imprimerie Floch à Mayenne,
pour les Éditions Albin Michel
en mai 2000.

N° d'édition : 19230. N° d'impression : 48835.
Dépôt légal : mai 2000.
Imprimé en France.